MYSTÈRE SOUS L'OCÉAN

L'auteur

Florence Reynaud est née à Angoulême, au sein d'une famille venant de plusieurs horizons. Ses rêves d'enfant étaient peuplés de chevaux, de loups, mais aussi de longs voyages sur l'océan. Après s'être imaginée « marin », elle espère devenir un jour archéologue ou écrivain. Mère de six enfants, lectrice avide, elle choisit enfin l'écriture qui lui permet de raconter des histoires où les animaux sont très présents. Fascinée par les dauphins, au sujet desquels circulent tant d'anecdotes aussi troublantes que véridiques, elle aime par-dessus tout évoquer le sens merveilleux des rencontres entre les animaux et les enfants, source de bonheur, d'affection sans condition.

Vous êtes nombreux à nous écrire
et vous aimez les livres de la série

Adressez votre courrier à :
Pocket Jeunesse, 12, avenue d'Italie, 75013 Paris.
Nous transmettrons vos lettres à l'auteur
qui vous répondra.

Dylan le dauphin

Florence Reynaud

Mystère sous l'océan

POCKET
jeunesse

Loi n° 49 956 du 16 juillet 1949 sur les publications destinées à la jeunesse : novembre 2002.

ISBN 2-266-12362-9

La mer te fait rêver ?
Embarque à bord de l'*Odyssée*
avec Arthur et Morgane.
Et toi aussi deviens l'ami de

Dylan
le dauphin

Je dédie ce livre à tous les enfants,
petits et grands, qui aiment les dauphins,
ces messagers des mers...
Ils ont le don de faire rêver, de charmer.
J'espère qu'ils seront toujours là pour nous,
dans les océans du monde entier !

1

Sur la plage...

Océane gare sa camionnette au bout du chemin, après un coup de frein assez brutal. Aussitôt la porte latérale s'ouvre et son fils, Arthur, se précipite dehors en criant :

— Dis donc, maman ! Tu es peut-être une super biologiste, mais tu conduis vraiment mal ! J'ai envie de vomir...

— Désolée ! répond sa mère en restant au volant. J'étais pressée et le raccourci que Flora m'a indiqué aurait besoin d'être goudronné...

Morgane rejoint son frère jumeau au bord de la falaise. Elle n'a pas souffert du voyage, car contrairement à Arthur, elle ne craint ni les colères de la mer, ni les secousses des véhicules à moteur.

— Géniale, la vue ! hurle-t-elle pour être entendue malgré le vent. Descends, Flora !

Flora fait son apparition, après avoir enfoncé une casquette rouge sur ses cheveux bruns, coupés court. Avec ses airs de garçon manqué et son sourire un peu triste, elle est la seule du collège à avoir gagné l'amitié de la blonde Morgane.

— Alors ! dit-elle. Vous le voyez ?

— Non ! rétorque Arthur. Je ne vois rien du tout. S'il y avait un cachalot sur cette plage, il me sauterait aux yeux, quand même !

Océane rejoint les trois enfants. Grande, mince, la chevelure aussi claire que sa fille, mais bouclée et coupée ras, la jeune femme paraît soucieuse.

— Arthur ! Ne te penche pas tant ! proteste-t-elle en saisissant son fils par le bras.

Celui-ci se retourne, l'air moqueur. Son regard vert, ses boucles d'un brun doré plaisent à beaucoup de filles de sa classe, dont Flora. Mais depuis deux semaines, son cœur est pris par la mystérieuse Violette, qui habite – hélas ! – sur l'île de Molène, bien trop loin à son goût[1].

— À mon avis, Flora a dû se tromper d'endroit ! marmonne-t-il en mâchonnant un

1. Voir *Morgane en détresse*.

chewing-gum ! Je vous assure qu'il n'y pas de cachalot...

Tous les quatre observent la longue plage qui s'étend en bas de la falaise. La mer est haute et de puissantes vagues, écumeuses, grisâtres, déferlent sur le sable. Le ciel d'un gris de plomb ne présage rien de bon.

Flora déclare d'une voix déçue :

— Pourtant il était là ce matin ! Tout le village en parlait. Erwan l'a examiné.

— La marée l'a peut-être déjà emporté ! murmure Océane. Dommage, j'aurais tant voulu le voir...

Morgane tend son joli visage vers le large. D'une main, elle retient ses longs cheveux blond pâle, que le vent malmène. Cette histoire de cachalot échoué ne l'intéresse pas tellement. Soudain elle pense à Dylan, le grand dauphin qui leur accorde son affection, à son frère et à elle. Il doit guetter leur retour, près du bateau, l'*Odyssée*.

— Tant pis pour le cachalot, maman ! Il faudrait rentrer... On raccompagne Flora et on y va. Dylan nous attend. Et puis, moi, le cachalot, j'aurais préféré le voir vivant, pas mort !

— Je me moque de tes préférences ! réplique sèchement Océane. D'abord les cours s'arrêtaient à midi, ce vendredi, donc nous avons du temps devant nous. Ensuite, je te rappelle que cela fait partie de mon travail, l'étude des animaux marins échoués.

Arthur sauve la situation en poussant un cri de triomphe :

— Là-bas, à gauche... Regardez, il y a des gens attroupés, et on aperçoit une masse noire ! C'est sûrement le cachalot ! Il a l'air énorme...

Morgane pousse un soupir d'agacement. Flora marmonne d'un ton gêné :

— Je me suis trompée, en fait ! Il fallait suivre l'autre chemin. Là, nous sommes un peu loin.

— « Un peu loin » ! répète Arthur. Carrément loin, tu veux dire ! Moi, je ne remonte pas dans la camionnette. Je descends par la falaise. D'accord, maman ? Je t'assure, il y a une sorte de sentier.

— Non, c'est trop dangereux ! Tout le monde en voiture ! Sans discussion !

Les jumeaux se lancent un coup d'œil. Leur mère a décidé de se montrer sévère, sans raison précise à leur avis. Morgane chuchote :

— Il ne faut pas la contrarier, Arthur ! Demain soir, on dîne chez Violette ! Imagine la catastrophe, si elle changeait d'avis.

Arthur roule des yeux terrifiés et s'élance vers la camionnette. Flora se sent une fois de plus tenue à l'écart. Morgane et son frère ont la mauvaise manie de se parler tout bas, de communiquer par des signes connus d'eux seuls. Cela ne fait d'ailleurs que s'aggraver, ces derniers jours. Là encore, Flora a cru entendre un mot en « ette », qui revient souvent dans les conciliabules des jumeaux. À tout hasard, elle demande à Morgane :

— Qu'est-ce que tu as dit à ton frère ?

— Rien ! Rien du tout ! affirme Morgane. Enfin si, mais c'était au sujet de maman !

Pendant le trajet, Morgane ferme les yeux et s'interroge sur ce qui va se passer durant le week-end.

... D'abord, est-ce qu'elle verra Erwan sur la plage...

Ce jeune garde-côte, au prénom typiquement breton, habite le village où vit Flora. C'est d'ailleurs lui qui a prévenu Océane pour le cachalot. Morgane lui trouve un charme fou, avec ses yeux en amande, couleur noisette et ses taches de rousseur. Arthur l'a « torturée » pendant des semaines, en insinuant qu'elle était amoureuse d'Erwan. À présent, il n'ose plus, car il a eu le coup de foudre pour Violette. Chaque fois que Morgane pense à cette fille étrange, aux frisettes noires, elle se revoit perdue dans l'archipel d'îlots proche de Molène, et poursuivie par une troupe de phoques en colère. L'un d'eux l'a même mordue. Cela s'est passé il y a deux semaines, mais elle a encore la cicatrice au poignet[1].

... Iront-ils à Molène, justement, car la météo s'annonce désastreuse et leur grand-père, Yannick, peut annuler le rendez-vous. Pourtant il est grand temps de donner à ses futurs propriétaires le second rejeton de leur chienne Moïse.

Arthur donne un coup de coude à sa sœur, qui lui paraît bien trop sage.

— Oh ! Fée Morgue ! On est arrivés. Sois heureuse, le magnifique Erwan est là !

Flora pouffe nerveusement. Morgane se redresse, rouge de colère :

— Toi ! lance-t-elle à son frère. Fais attention, sinon tout le collège saura pour Violet...

Arthur se jette sur sa sœur et la bâillonne. Elle se débat, distribuant des coups de poing et de genou. Flora s'écarte prudemment.

— Avez-vous fini, pauvres idiots ! s'énerve Océane. Je me demande comment tu peux les supporter, Flora !

— Ils ne sont pas toujours comme ça ! répond Flora qui ne veut pas trahir ses amis.

1. Voir *Morgane en détresse*.

Cinq minutes plus tard, le calme est revenu. Océane, escortée des jumeaux et de Flora, marche vers le corps imposant du cachalot. Erwan vient aussitôt vers eux :

— Bonjour, madame ! Salut les enfants !

Morgane répond d'un timide sourire. Arthur se précipite vers l'animal échoué. Il n'a jamais vu de vrais cachalots, seulement des photos ou des dessins. Passionné, il observe sa tête colossale, les yeux minuscules en proportion, fermés comme pour un long sommeil. Puis il l'imagine sous l'eau, encore vivant, et se mouvant sans peine dans son monde à lui.

Soudain il voit des marques étranges, comme des cercles plus clairs sur la peau sombre du cachalot. Océane s'agenouille à ses côtés.

— Dis, maman, tu as vu ça ? C'est bizarre, non ? On dirait des brûlures.

Morgane s'approche à son tour. Elle a entendu la question de son frère et observe aussitôt, bien qu'un peu dégoûtée, les traces rosâtres.

— Ce cachalot a dû se battre avec un calmar géant très récemment ! déclare Océane. Ces deux espèces s'affrontent souvent. Ce sont les ventouses que le calmar porte sur ses tentacules qui ont brûlé la peau du cachalot.

— Un calmar géant ? s'écrie Arthur. Tu

veux dire un calmar, comme les petits qu'on voit au marché, mais aussi gros que le cachalot...

— Parfois bien plus gros, mon chéri ! réplique sa mère. On a découvert des cadavres de calmar pesant une tonne, mesurant entre 10 et 12 mètres. Rassurez-vous, ces bêtes vivent à de grandes profondeurs.

Les jumeaux échangent un regard presque horrifié. Morgane fait signe à Flora de la rejoindre. Celle-ci accourt.

— Flora, tu vois ces traces affreuses ? murmure-t-elle. Maman pense que c'est un calmar géant ! Il a dû prendre le cachalot dans ses tentacules !

— Et toi qui plonges au large ! dit Flora avec une grimace.

— Tu parles, dans trois mètres d'eau ! Je ne risque rien ! répond Morgane.

Arthur, lui, s'est relevé et contemple la mer grise, dentelée de lames violentes. Pour la première fois, il se dit que cette immense masse d'eau abrite des créatures aussi mystérieuses que gigantesques...

À quelques mètres du corps, discutent un groupe de pêcheurs et deux femmes. L'une d'elles tient un bambin par la main. C'est Geneviève, la mère de Flora. Le petit garçon, en apercevant sa sœur, pousse un cri de joie et s'échappe pour se jeter à son cou.

— Mon Rémi ! Fais-moi vite un bisou...

— À Morgane aussi ! bredouille-t-il.

Il n'en faut pas plus à Morgane pour rayonner de joie. Rémi ne l'a pas oubliée. Elle l'embrasse sur les deux joues en riant :

— Bonjour, toi !

— Là, gros poisson... il est malade ! bégaye l'enfant.

Flora et Morgane échangent un regard ému. Elles se souviennent toutes les deux de cette journée dramatique où Dylan s'était sacrifié pour sauver Rémi, car le petit garçon, de santé fragile et présentant des troubles du langage, souffrait d'une méningite[1]. Depuis Rémi parle souvent du « gros poisson blanc », qui n'est autre que le grand dauphin.

Océane a terminé son examen, sous le regard attentif de son fils. Après avoir mesuré le cachalot et tenté d'établir les causes de son décès, elle s'apprête à prélever un échantillon de sang et des fragments de peau.

1. Voir *L'ange des mers*.

Arthur demande soudain :

— Dis, maman, un calmar géant, ça doit ressembler à un monstre ?

— Oui et non... C'est surtout une créature impressionnante ! Une énigme du monde marin, aussi, car on les a rarement observés vivants. Les mesures, le poids ont été relevés sur des calmars échoués.

Morgane, qui écoutait sa mère, se sent oppressée. Elle a de plus en plus envie de revoir Dylan. Lui aussi appartient à l'océan, mais il n'a rien d'effrayant. Arthur et elle ne savent pas d'où vient leur dauphin, ni combien de temps il restera avec eux, mais il est devenu leur ami. En secret, ils le considèrent même comme un frère.

— Maman ! murmure-t-elle d'une voix inquiète. Est-ce que les calmars géants attaquent les dauphins ?

Océane fait non de la tête. Erwan s'empresse de répondre :

— Ne te fais surtout pas de souci, Morgane, Dylan ne risque rien ! Ce sont les cachalots qui se nourrissent de calmars. Pour les manger, c'est logique, ils les attaquent... et les calmars, disons les plus grands, se défendent.

Erwan accompagne ses paroles d'un sourire éblouissant. Bouleversée, Morgane le remercie à peine. Heureusement qu'elle peut cacher ses maudites joues, qui s'empourprent si vite, en cajolant le petit Rémi.

— Viens, on marche un peu ! murmure Flora qui a deviné la gêne de son amie.

La promenade n'est guère agréable. Le rugissement lancinant des vagues, le vent violent les empêchent de bavarder. Ce concert sauvage de la nature étouffe aussi l'écho d'un cri aigu, joyeux. Pourtant Morgane se tourne vers la mer. Rémi montre quelque chose du doigt :

— Là-bas, Dylan !

Flora a essayé d'apprendre à son frère le nom du dauphin, mais elle pensait qu'il n'avait pas compris. Elle faisait erreur. Comme s'il se moquait de la force déchaînée des vagues, le grand dauphin vient de s'élancer d'un bond prodigieux à bonne distance de la plage, mais assez près pour être aperçu de ses amis.

Il les cherchait depuis longtemps. Il se sentait seul. Quand il s'approchait de la grande chose blanche où ils habitent, il devinait tout de suite qu'ils n'étaient pas là. Leur mère lui parlait, le rassurait, mais il préférait s'éloigner... Les attendre... enfin il a reçu un message de Morgane. Elle pensait à lui très fort. Il a nagé dans la direction de l'appel. Il les a retrouvés. Tous les deux. Son cœur frémit de bonheur.

— Dylan ! s'étonne Morgane. C'est totalement magique ! Qu'est-ce qu'il fait ici ? L'*Odyssée* mouille bien loin, de l'autre côté de la baie !

Arthur les rejoint en courant. Il gesticule, émerveillé :

— Morgane ! Dylan est là ! Regarde, il saute comme un fou !

— J'ai vu... murmure-t-elle. Je pensais si fort à lui, on dirait qu'il l'a senti.

La plus surprise est Océane. Les gens qui l'entourent se sont brusquement détournés du cachalot, désignant une zone précise à l'abri des déferlantes. Ce qui les intéresse autant, ce sont les acrobaties de Dylan, le fantastique Dylan. Avant de le connaître, d'être le témoin de ses exploits, elle doutait de l'exactitude de certaines histoires sur les dauphins. Maintenant elle sait que celui-ci au moins est d'une extraordinaire intelligence... et qu'il a un grand cœur.

2

Cauchemars...

— Maman ! Comment faire ? Dylan nous a retrouvés ! Si on repart en camionnette, il ne va rien comprendre ! gémit Morgane qui se jetterait bien à l'eau pour rejoindre le dauphin.

— C'est vrai ! ajoute Arthur. Tu as vu tous ces bonds qu'il a faits ! Il est si content de nous revoir. Il a dû s'inquiéter mardi soir. C'était trop nul de rester au collège toute la semaine. En plus, le week-end dernier, on était à Paris avec papa.

Morgane dévisage son frère d'un air stupéfait et ravi. Elle déclare très vite :

— Pour une fois, Arthur a raison, maman. Dylan ne nous avait pas vus pendant le week-end, et mardi nous ne sommes pas rentrés.

Alors, aujourd'hui il nous a cherchés partout... On lui manquait trop !

Océane reste muette. Que répondre à ses terribles jumeaux ? Ils se comportent parfois comme des adolescents responsables, avant de retomber en enfance et d'inventer des contes à dormir debout. Mais au fond, elle se méfie. En ce qui concerne le grand dauphin, ils se trompent rarement.

— Je ne vois pas de solution, pourtant ! s'écrie-elle. Vous n'allez pas rentrer à la nage !

Ils sont seuls sur la grande plage, à présent. Flora est rentrée chez elle, avec sa mère et son petit frère. Erwan et les pêcheurs sont partis bien avant. Océane frissonne, car il commence à pleuvoir.

— Ecoutez, mes chéris ! dit-elle. Si Dylan a pu vous retrouver, ici, sur cette plage, je crois qu'il sera capable de retourner tout seul jusqu'à l'*Odyssée*. Et je vous rappelle que vous aviez cours mercredi, afin de libérer cet après-midi justement. Donc, arrêtez de vous plaindre ! Bon, il faut rentrer. Nous avons rendez-vous avec papy vers 16 heures. Sur la jetée, comme d'habitude.

Les jumeaux approuvent à regret. Leur vie à bord d'un bateau, tout en suivant les cours d'un collège privé, implique bon nombre de règles incontournables. Leur grand-père Yannick s'occupe par exemple des liaisons entre la jetée d'un petit port et l'*Odyssée*, le navire du CNRS dont leur mère a la responsabilité. Pour cela, il utilise le *Cabotin*, un solide canot en résine, doté d'un moteur.

Cette organisation parfois fastidieuse n'empêche pas Morgane et Arthur de considérer maintenant l'*Odyssée* comme leur foyer, dont ils connaissent chaque recoin. Le seul vrai point noir dans cette existence passionnante, c'est d'être séparé de leur père, Gérard, qui travaille toujours à Paris.

Morgane, avant de suivre sa mère, crie de toutes ses forces :

— Dylan, retourne au bateau ! À l'*Odyssée* ! Nous rentrons !

— Comment veux-tu qu'il t'entende, avec le bruit des vagues et ce vent horrible.. déclare Arthur.

Sa sœur lui lance un regard apitoyé.

— Mon pauvre ! En même temps, je lui envoie le message par télépathie, en images ! Et puis de toute façon, maman a raison. Je suis sûre qu'il sera arrivé avant nous près de l'*Odyssée*... Il est si intelligent !

Arthur ne proteste pas. Il marche à reculons,

pour contempler le plus longtemps possible la silhouette du grand dauphin. Océane, qui a pris de l'avance, appelle ses enfants avec des gestes exaspérés.

— Allez, dépêchons-nous ! marmonne Morgane. Sinon maman sera de mauvaise humeur toute la journée.

— Ouais, on y va... Oh, fée Morgue, regarde ! Dylan s'en va, et dans la bonne direction !

Morgane doit scruter attentivement la surface de la mer houleuse, avant de distinguer par moments la forme claire du dauphin. Son frère dit vrai, Dylan rentre sûrement à leur port d'attache, l'*Odyssée*...

— Les enfants ! hurle Océane. Qu'est-ce que vous faites ?

— Rien, maman ! répondent-ils en chœur.

Il a entendu les sons « Dylan » ! Il a compris qu'il s'agit de son nouveau nom. Mais cela n'est pas important pour lui. Arthur et Morgane viennent de lui envoyer un message. Ils rentrent chez eux, là-bas. Débordant d'énergie joyeuse, il part vers la grande chose blanche. L'eau le porte, le caresse. Il fonce droit au but. Un appel lointain l'oblige à s'arrêter. Il bondit, inquiet, en changeant brusquement de direction.

— Ah ! Enfin chez nous ! s'extasie Morgane en se laissant tomber sur sa couchette. C'était vraiment nul de dormir au collège mardi et mercredi soir ! Surtout sans Flora !

Arthur s'est installé dans le hamac que sa sœur utilise le plus souvent pour ranger ses vêtements.

— Oui, c'était nul ! réplique-t-il, mais les grandes vacances approchent ! Finis les cours d'histoire avec M. Rocher ! Finies les heures d'étude avant le dîner... La liberté totale... Et papa passe trois semaines ici, avec nous. On fera plein de balades en mer, et de la plongée...

Morgane a battu la mesure comme si son frère chantait. Elle termine par une allusion sournoise :

— Et tu espères que nous irons souvent du côté de Molène ?

— Le plus souvent possible ! soupire Arthur. Enfin, si maman est d'accord. En tout cas, demain soir, c'est sûr, je serai là-bas. Je la reverrai...

Morgane se mord les lèvres d'un air songeur. Cette Violette commence à l'agacer sérieusement. Arthur a beaucoup trop changé depuis qu'il se prétend amoureux. Par taquinerie, elle déclare mine de rien :

— Je ne veux pas gâcher ta joie, mais la météo s'annonce catastrophique. Papy ne paraît pas emballé par un voyage au large de Brest !

— Qu'est-ce que tu racontes, fée Morgue ? J'irai à la nage, de toute façon, si vous ne voulez pas y aller !

— N'oublie pas d'emmener le chiot ! Violette l'attend avec impatience... persifle Morgane.

La discussion tournerait vite à la querelle, voire à la bagarre, mais Océane entre sans frapper dans la cabine de Morgane :

— Mes chers enfants ! Si l'un de vous deux voulait bien nettoyer le pont... Les chiens viennent de monter pour leur balade ! Vous voyez ce que je veux dire !

Les jumeaux se jettent un regard dépité. Morgane se lève la première :

— Je m'occupe du pont, maman ! Arthur sera mieux aux fourneaux ! Tiens, il pourrait nous cuisiner des pommes d'amour !

Océane répète avec un sourire incrédule :

— Des pommes d'amour ? Tu délires, ma chérie. Ce sont des confiseries, pas question de faire du caramel à bord ! Quant aux pommes, ce n'est pas la saison, je n'ai que des cerises...

— Laisse tomber, maman, je blaguais !

réplique Morgane qui savoure l'expression outragée de son jumeau.

Morgane aime se retrouver seule sur le pont, à cette heure de la fin d'après-midi où la lumière se teinte de reflets étranges. Malgré l'épais plafond nuageux, la mer s'irise de couleurs mouvantes, presque métalliques.

Munie d'un balai et d'un seau d'eau, Morgane s'amuse à esquisser un pas de danse, chaque fois qu'elle avance le long de la coursive. Soudain un « flop » retentissant lui fait lever la tête :

— Dylan ?

Le cri familier, grinçant et cliquetant, s'élève à tribord, près de l'échelle. Elle se précipite jusqu'au bastingage. Le grand dauphin se dresse à demi hors de l'eau, avec son éternel sourire.

— Eh bien, Dylan ! Tu es en retard ! Où étais-tu passé ? Arthur et moi, nous t'avions donné rendez-vous ici, mais bien plus tôt !

Dylan recule d'un mouvement souple, tout en lançant des cris stridents. Morgane ôte ses baskets et descend les barreaux jusqu'à sentir l'eau fraîche envelopper ses pieds.

— Dylan, viens plus près ! J'ai plein de choses à te dire...

Le grand dauphin plonge et ressort aussitôt, à deux mètres à peine de la coque. Il émet alors une série de sons mélodieux, de l'avis de Morgane en tout cas. Celle-ci se cramponne à un des échelons, tend le bras et caresse le bout de son rostre[1].

— Mon Dylan ! Demain, il faudra nous suivre, absolument ! Nous partons pour Molène. Tu sais que nous avons déjà donné un des petits de Moïse à Jacques Vidal, le vétérinaire qui a sauvé Vénus...

Morgane reprend son souffle, car ce n'est pas facile de parler dans une position aussi acrobatique. Et en évoquant la compagne de Dylan, qu'ils n'ont pas vue depuis plus de deux semaines, son cœur se serre. Où est-elle ? Océane affirme que Vénus joue les nourrices avec les bébés dauphins nés le mois dernier. Mais parfois les jumeaux s'inquiètent à son sujet.

— Donc, poursuit-elle, Noë, le fils de Moïse, est parti. Maman et papy ont fait le voyage mercredi. Ils ont profité de notre absence... Et demain soir, nous donnons l'autre chiot à la belle Violette, la sublime Violette, celle qui me pique mon frère !

Dylan répond à cette tirade par une note aiguë. Le dauphin et le labrador sont d'excellents amis. La manière dont ils se sont ren-

1. Partie saillante et pointue en avant de la tête.

contrés demeure une énigme pour Morgane et Arthur, mais lorsque cette belle chienne noire était prisonnière d'un îlot rocheux, Dylan lui fournissait du poisson.

— Tu te rappelles, soupire Morgane, quand nous avons découvert Moïse et ses deux chiots[1]. Ils étaient si mignons, si petits ! Mais ils deviennent envahissants.

Les vagues secouent le grand bateau qui tangue sur son point d'ancrage. Morgane lutte pour garder l'équilibre. Dylan, dont les petits yeux vifs semblent tout surveiller, bondit vers son amie et agite son gros crâne de bas en haut, en lançant des notes plaintives.

— Ne t'inquiète pas ! s'écrie-t-elle. Je remonte ! Je dirai à mon frère que tu es de retour. À tout à l'heure, mon Dylan...

— « À tout à l'heure, mon Dylan » répète la voix moqueuse d'Arthur, penché en haut de l'échelle. J'ai tout entendu, fée Morgue ! Tu n'es qu'une sale traîtresse ! Tu acceptes toujours la corvée de nettoyage, pour être toute seule avec Dylan ! Au fait, bonne nouvelle, maman prépare le dîner. Si ça t'intéresse, j'ai trouvé un site sur internet. On voit des calmars géants !

Morgane remonte aussitôt. Arthur crie à Dylan :

1. Voir *L'ange des mers*.

— À tout à l'heure, vieux frère ! Je reviens vite...

Dans la cabine d'Océane, Arthur fait asseoir sa sœur devant l'ordinateur.

— Attention, tu es prête ! J'agrandis le document !

Morgane, amusée, entend le « clic » de la souris. Aussitôt une image apparaît, représentant une étrange créature aux longs tentacules, dont le corps d'un blanc rose paraît énorme.

— Tu as vu ça ? chuchote-t-il.

— Oui, c'est affreux ! souffle Morgane, vraiment impressionnée.

— Attends ! Maintenant le combat avec un cachalot... Regarde !

Morgane retient son souffle. Un calmar géant enserre un jeune cachalot de ses tentacules, comme une araignée monstrueuse prendrait une mouche entre ses pattes.

— Alors ? demande Arthur, content de lui.

— Bof ! Trois fois bof ! Il est nul, ce site. Si un jour je plonge et que je voie une bête pareille, mon cœur lâche... déclare Morgane.

— Tu veux voir le bec du calmar ? Ses ventouses...

— Non, merci, Arthur ! Je vais aider maman.

Morgane se lève et s'empresse de quitter la cabine. Arthur lui jette un dernier coup d'œil.

— Moi, je continue à chercher des renseignements sur les super calmars géants ! Je crois que je ferai bientôt un exposé sur ces bêtes-là, juste pour toi et Flora !

Le soir, pendant le repas, la conversation revient évidemment sur les calmars géants. Yannick, que le sujet intéresse, se montre intarissable. Océane participe distraitement. Arthur semble avide d'anecdotes effrayantes.

— Mais tu n'en as jamais vu un en vrai, papy ? demande-t-il pour la troisième fois.

— Non ! J'ai eu l'occasion de voir des calmars de taille raisonnable... Et quand on les observe de près, je vous assure qu'on n'a aucun mal à imaginer le même modèle dix ou vingt fois plus gros ! Certains pensent d'ailleurs que ces impressionnantes créatures sont à l'origine de bien des légendes sur les monstres marins, comme le fameux Léviathan[1] ou l'affreux Kraken[2] qui dévorait bateaux et équipages.

1. Monstre aquatique de la mythologie phénicienne, mentionné dans la Bible, où il devient le symbole du paganisme.

2. Monstre marin décrit par les norvégiens, qui était accusé de renverser les bateaux.

— Le Léviathan ! chuchote Morgane. Je connais ce nom-là !

— Évidemment, triomphe son grand-père, on le cite dans la Bible ! Bref, ces bêtes à tentacules ont toujours inspiré le dégoût, la peur ! Il paraît qu'au large de Terre-Neuve, les gars des morutiers entendaient pendant la nuit des bruits terrifiants monter des profondeurs de l'océan. C'était l'écho des combats entre les cachalots et les calmars géants ! Si la lune éclairait la surface de l'eau, ils croyaient apercevoir les deux monstres s'entredéchirant et...

— Papa ! proteste Océane, n'exagère pas ! Ils vont faire des cauchemars !

Yannick jette un regard courroucé à sa fille. Certes, c'est elle le maître à bord, du fait de ses fonctions officielles de biologiste, mais il n'en est pas moins le capitaine.

— Je n'exagère pas ! rugit-il. Je naviguais déjà dans l'Atlantique Nord bien avant ta naissance, ouais, j'avais à peine dix-sept ans ! Les calmars géants, on m'en a parlé dès mon premier voyage en mer. J'en sais plus que toi, malgré toutes tes études. Et si mes petits-enfants font des cauchemars pour ça, je mange ma casquette...

Océane fronce les sourcils. Quand son père a cette mine outragée, elle n'insiste pas.

— Très bien, si tu veux dégoûter les jumeaux de la plongée, continue ! Moi, je vais me coucher. Bonne nuit !

— Maman, attends ! s'écrie Morgane, voyant sa mère quitter la cuisine sans les embrasser, son frère et elle. Ne sois pas fâchée ! Qu'est-ce que tu as ?

— Rien du tout, ma chérie ! J'ai sommeil. Et demain matin, j'aimerais partir tôt.

Sur ces mots, Océane sort pour de bon. Arthur se lève aussi :

— Je vais au lit... Maman a raison, autant être en forme dès l'aube.

3

Vers Molène

Morgane et son grand-père se retrouvent en tête-à-tête. Ils échangent un sourire complice, car ils n'ont pas encore mangé le dessert.

— Eh bien, ma puce ! Ta mère et ton frère nous ont laissé tomber ! Si cela ne t'ennuie pas de me tenir compagnie, je prendrais volontiers une part de flan.

— D'accord ! répond Morgane. Dis, papy... maman n'a pas de soucis en ce moment ? Je la trouve bizarre. Elle est toujours sur les nerfs, grognon, sévère.

Yannick se gratte la barbe. Il réfléchit un instant avant de répliquer :

— Ce n'est pas facile pour ta mère. Son travail, les chiens, Dylan qui fait quand même beaucoup parler de lui dans la presse locale... Et puis, elle n'a pas l'habitude de s'occuper de vous sans l'aide de votre père. Alors elle en rajoute un peu côté discipline. Mais ça, c'est une bonne chose, à mon avis.

— Ouais... marmonne Morgane. Moi, la discipline... Si on reparlait des calmars géants, papy ! Ou du Kraken. Tu ne m'as pas dit ce que c'est ?

— Le Kraken ! Il est décrit comme un monstre fantastique, capable de renverser les navires, corps et biens ! Mais ça suffit pour ce soir. Et ton frère, ma puce, qu'est-ce qu'il mijote ? Ce n'est pas dans ses habitudes de se coucher si tôt

Morgane regarde son grand-père. Au fil des jours passés ensemble sur l'*Odyssée*, elle a appris à mieux le connaître. Au début, Arthur et elle ne se sentaient pas vraiment à l'aise avec lui, maintenant il règne entre eux trois une franche entente.

— Papy ! chuchote-t-elle. Tu garderais un secret ?

— Bien sûr, mignonne. Même sous la torture ! plaisante-t-il.

Yannick voit sa petite-fille s'installer à côté de lui. Très bas, en guettant la porte de la cuisine, elle souffle à son oreille d'un air mystérieux :

— Arthur est tombé amoureux de Violette, tu sais, la fille qui habite l'île de Molène. Celle qui adopte le chiot de Moïse... Il a eu le coup de foudre ! Il ne pense qu'à elle. En plus, moi, je ne peux même pas en parler à Flora !

— Pourquoi donc ? s'étonne Yannick.

Morgane hoche la tête.

— Mais enfin, papy, parce que je suis sûre que Flora est amoureuse d'Arthur ! Alors je ne veux pas lui faire de peine. C'est hyper compliqué. Heureusement, j'ai tout raconté à Dylan, et à toi...

Yannick observe sa petite-fille, occupée à natter ses longs cheveux d'un blond pâle. Attendri par ces histoires de cœur dont il ne se doutait pas, il retient un sourire qui pourrait vexer Morgane.

— Dylan doit s'y connaître mieux que moi ! dit-il enfin. D'autant plus que je le soupçonne d'être très perturbé par le départ de Vénus. Bon, revenons à notre roi Arthur ! Si je comprends bien, pas question d'annuler l'expédition à Molène, qu'il pleuve ou qu'il vente !

— Pas question, papy ! répond Morgane. Sinon il y aura une révolte à bord !

— Pourtant, la météo ne m'inspire pas

confiance. Mais tu peux rassurer ton frère, Océane tient elle aussi à partir demain. Je te le dis en confidence, ma puce, un jour, à cause de l'entêtement de ta mère, l'*Odyssée* fera naufrage !

Morgane se mord les lèvres. Son grand-père est-il sérieux quand il affirme une chose pareille ? Pour se donner une contenance, elle prend le chiot de Moïse dans ses bras et le couvre de baisers.

— Je me demande comment Violette va l'appeler ! s'écrie-t-elle après un long silence.

— « Arthur », ce ne serait pas si mal ! murmure Yannick en riant de bon cœur.

Morgane éclate de rire à son tour. L'idée lui paraît si comique... Grâce à son grand-père, elle oublie bien vite le terrifiant Léviathan, le Kraken dévoreur de bateaux et l'humeur morose de sa mère...

Arthur s'est enfermé dans sa cabine. À peine allongé sur son lit, il a regretté d'avoir quitté sa sœur et son grand-père. Malgré le bruit des vagues heurtant la coque du bateau, le cri des mouettes, le silence lui semble angoissant. Par son hublot fermé filtre un jour grisâtre.

— Je vais écouter de la musique... se dit-il.

Mais il n'a pas envie de bouger et son baladeur est encore au fond de son sac de pensionnaire.

Résigné à l'ennui, Arthur pense que demain soir, ils seront tous sur l'île de Molène. De passionnantes découvertes l'attendent. La maison de Violette, son jardin peut-être... Pendant le repas, il s'imagine brillant, plein d'humour, bavard mais pas trop.

— Pourvu que Morgane ne gâche pas tout ! songe-t-il.

Sa sœur a l'art de jouer les intéressantes quand il ne faut pas, afin d'attirer l'attention générale. Arthur ferme les yeux, soudain très inquiet. Et si Violette ne lui adressait pas la parole de la soirée, si elle ne le regardait pas une seule fois... et si l'*Odyssée* se perdait « corps et biens » au large de Brest, avant de toucher au but.

— Et un calmar géant m'attraperait dans ses tentacules gluants... Il chercherait à m'avaler ! Dylan ne pourrait pas me sauver.

Arthur continue à envisager une série de drames, de catastrophes. La pénombre envahit sa cabine. Il se sent de plus en plus mal.

On frappe trois petits coups à sa porte. Une voix chuchote :

— Arthur, tu dors ?

— Non ! s'écrie-t-il. Entre, fée Morgue !

Vite, il allume sa lampe de chevet. Morgane se précipite, toute souriante.

— Bonne nouvelle, Arthur, on part bien à Molène demain matin.

— Super ! s'écrie-t-il. Dis, j'ai un peu faim ! Si on allait grignoter...

— Il reste du flan et des biscuits. Après, on fera un dernier tour sur le pont, pour dire bonne nuit à Dylan !

— D'accord ! répond Arthur. Tu sais, Morgane, je suis vraiment content que tu existes...

Morgane se couche en espérant s'endormir très vite. Quand ils sont montés sur le pont, Arthur et elle, Dylan avait disparu. Cela ne les a pas trop étonnés, car il s'éloigne souvent pour se nourrir. Pourtant, Morgane aurait préféré le savoir là, près d'eux.

Enfouie sous sa couette, elle revoit la surface de la mer, noire, mouvante, à peine éclairée par un mince quartier de lune, comme prisonnier entre deux masses de nuages. Le vent était tombé, et le silence avait quelque chose d'angoissant. Ils ont vite décidé de redescendre dans l'habitacle.

— C'était sinistre ! se dit Morgane en éteignant sa lampe.

Plus tard dans la nuit, elle se réveille en sursaut, haletante, les yeux pleins de larmes. L'obscurité totale lui donne envie de hurler.

— Mais qu'est-ce que j'ai ? marmonne-t-elle.

Brusquement elle se souvient... Dylan se débattait entre les tentacules monstrueux d'un calmar couleur de sang. Morgane essayait de le délivrer, mais elle avait terriblement peur. Dylan l'appelait avec des cris suraigus qui lui déchiraient le cœur. Elle s'accrochait alors aux tentacules dont le contact la brûlait, et soudain ce n'était plus Dylan que le calmar malmenait, mais Arthur. Son frère suffoquait dans l'eau sombre...

— J'ai fait un cauchemar ! soupire Morgane.

D'un geste tremblant, elle allume la veilleuse murale. La lumière, le décor de sa cabine ne parviennent pas à la rassurer.

— Ouf ! fait-elle. C'était faux, une chose pareille ne peut pas arriver...

Il y a quelques années, Morgane aurait été se réfugier dans le lit de ses parents pour oublier ces images d'horreur. Elle se juge trop grande. Pourtant, elle se lève quand même et sur la pointe des pieds, va chercher Moïse et son chiot.

— Vous allez dormir avec moi, mes chéris ! Tant pis si maman n'est pas contente...

À sept heures du matin, Arthur frappe contre la cloison du bout des doigts.

— Fée Morgue, debout !

Mais sa sœur ne répond pas.

— Paresseuse, va ! crie-t-il en riant.

Des pas ébranlent le pont. Peu de temps après, le moteur se met à ronronner. Du coup, Arthur se lève. Le départ n'était pas prévu à une heure aussi matinale.

Dans la cuisine, Océane et Morgane sont attablées face à face. Sa sœur a une drôle de tête.

— Salut ! s'écrie-t-il. Qu'est-ce qui se passe ? Papy a déjà pris son petit-déjeuner ? Dis donc, on va arriver en avance, à Molène !

Océane ne répond pas tout de suite. Enfin elle dit avec un sourire malicieux :

— Je dois passer au Conquet, d'abord. Nous accosterons au port de Molène vers 18 heures, pas avant... Dommage, n'est-ce pas ?

Arthur hausse les épaules. Pourquoi sa mère a-t-elle ajouté ce « dommage, n'est-ce pas ? ». Il lance un regard soupçonneux à Morgane, mais elle aussi semble surprise.

— C'est bien, 18 heures ! s'écrie-t-il. Je ne suis pas pressé de me séparer de notre dernier chiot ! Regardez-le, il ronge quelque chose !

— Oh ! On dirait une des espadrilles de papy ! s'exclame Morgane. Vite, Arthur, reprends-la-lui, sinon ça va faire un drame...

Au même moment, l'*Odyssée* démarre. Le soleil semble décidé à dissiper les nuages d'un blanc lumineux. Morgane souffle à son frère :

— Je me suis levée la première. J'ai emmené les chiens sur le pont. Dylan n'était toujours pas revenu.

— Viens, on y retourne ! On ne peut pas partir sans lui...

Les jumeaux abandonnent leurs bols de céréales pour grimper les quatre marches menant à l'air libre.

— Dylan ! hurle Arthur.

Un cri grinçant, vibrant d'une longue note joyeuse, lui répond aussitôt. Dès qu'ils arrivent au bastingage, ils découvrent un spectacle réjouissant : Dylan n'est plus seul, Vénus nage à ses côtés.

De son poste de pilotage, Yannick leur lance :

— Vous avez vu ça ? Votre copain a retrouvé sa fiancée ! Il y en a qui ont de la chance...

Arthur, malgré sa joie de revoir Vénus, juge la dernière remarque de son grand-père aussi étrange que le « dommage » de sa mère. Il saisit Morgane par le bras et lui demande d'un ton menaçant :

— Toi, tu n'aurais pas parlé de Violette et de moi... à maman, à papy... Avoue !

— Mais non ! affirme-t-elle en prenant un air ébahi. Tu es fou ! On ne peut plus rien te dire ! Et puis toi, tu ne te gênais pas pour faire de sales plaisanteries au sujet d'Erwan, devant tout le monde !

— Alors, c'est ça ! Tu t'es vengée !

Dylan et Vénus choisissent cet instant pour un concert de cris impatients, entrecoupés de cliquetis. Puis, d'un seul élan, les deux dauphins bondissent vers le ciel, font une pirouette et replongent dans une gerbe d'éclaboussures argentées.

Morgane n'a pas envie de se quereller avec son frère. Elle est tellement soulagée de revoir le soleil, Dylan, Vénus et Arthur justement, en pleine forme. Après cet affreux cauchemar, tout lui paraît merveilleux.

Arthur s'en va, l'air boudeur. Morgane reste longtemps accoudée au bastingage, à contempler les évolutions gracieuses du couple de dauphins. Bientôt elle se met à rêver... d'être une créature amphibie[1], de pouvoir vivre un peu dans l'océan, un peu sur terre.

— Je suivrais Vénus dans ses mystérieux déplacements ! songe-t-elle. Je veillerais sur les jeunes dauphins... ils joueraient avec moi. Je visiterais le monde sous-marin, sans bouteilles, sans masque !

Soudain elle revoit le cachalot échoué, marqué de taches bizarres, puis la scène terrifiante de son rêve, quand son frère étouffait entre les tentacules du calmar géant.

— Bon, de toute façon ! murmure-t-elle pour se rassurer, ces drôles de bêtes passent une grande partie de leur temps à des profondeurs incroyables. Moi, je n'y descendrai jamais. Dylan non plus, et encore moins Arthur. Alors ça n'arrivera pas !

Océane s'est approchée de sa fille sans bruit. Lorsqu'elle la prend par l'épaule, Morgane sursaute en poussant un cri.

— Et alors, ma chérie ! Qu'est-ce qui t'arrive ?

— Rien, maman ! Enfin si ! Regarde, Vénus est revenue, c'est génial, tu ne trouves pas ?

1. Se dit d'une forme de vie adaptée au milieu aquatique et terrestre.

Il a retrouvé sa compagne... Elle l'appelait, multipliant les notes de détresse, de peur. Il avait perçu son message malgré la distance qui les séparait. D'abord elle n'a pas voulu le suivre, quand il a tenté de l'entraîner vers ses amis de la terre. Il a réussi à la convaincre, mais elle ne veut pas rester près de la grande chose blanche que Morgane désigne comme un « ba-teau ».

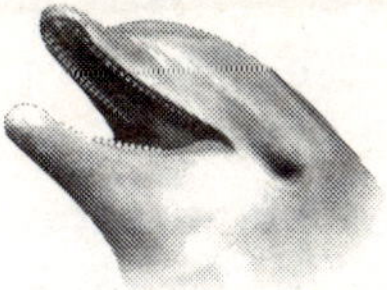

4

Chez Violette...

Quand Arthur aperçoit au loin la petite île de Molène, son cœur bat plus vite. Morgane, assise près de lui à la proue du bateau, le dévisage attentivement.

— Tu en fais une tête... murmure-t-elle. Ne stresse pas, tout va bien se passer.

— C'est toi qui le dis ! Si la série noire continue ! Ecoute un peu, fée Morgue ! D'abord on tombe en panne juste avant d'arriver au Conquet ! Maman rate son rendez-vous, résultat, elle est encore de plus mauvaise humeur qu'hier. Et le bouquet, Dylan et Vénus ne nous ont pas suivis... Moi, je comptais montrer nos dauphins à Violette, ce soir.

— À mon avis ! déclare Morgane, Dylan et Vénus ont seulement pris du retard ! Ils vont nous rejoindre. Sois optimiste, tout peut s'arranger ! La preuve, papy a réparé la panne, alors que toi tu te lamentais : « On ne pourra pas aller à Molène ! » Et tu vois, nous y sommes ... Tu devrais aller te changer, roi Arthur...

Arthur roule des yeux affolés :

— Exact ! Mais viens m'aider ! Je ne sais pas ce qui plaît aux filles !

— O.K. ! Suis-moi.

Une demi-heure plus tard, l'*Odyssée* accoste dans le petit port de Molène. Les jumeaux sont prêts. Ils ont même consacré dix minutes à brosser Moïse et son chiot. Océane les a félicités pour cet effort général de toilette. Elle-même porte une robe noire et un gilet beige.

— Super, maman, tu es d'un chic ! s'écrie Morgane. Tu nous fais honneur.

— Celle-là, c'est la meilleure ! rugit Yannick, qui a gardé sa tenue de vieux loup de mer. Et moi, j'espère que je ne vous fais pas honte..

— Non, papy ! Tu es superbe ! répond Arthur. Bon, on y va. Moïse a très envie de se dégourdir les pattes sur la terre ferme.

Yannick échange alors un clin d'œil avec Morgane, mais Arthur ne voit rien. Il est déjà sur le pont.

Il ne faut pas longtemps à l'équipage de l'*Odyssée* pour monter la rue principale. Avec la marée basse, le soleil a repris ses droits. Une lumière dorée danse sur les géraniums roses qui ornent les fenêtres de la maison des Odierne.

Arthur lance un regard mélancolique du côté de l'église. C'est sur le muret voisin qu'il a vu Violette pour la première fois, si jolie dans son pull jaune[1]. La porte s'ouvre. Charles Odierne apparaît, très aimable.

— Ah, chers amis ! Entrez vite... Ma fille est impatiente de faire la connaissance de son chien !

Un bruit de pas précipités retentit. Quelqu'un déboule dans le couloir. C'est Violette, toute vêtue de rouge.

— Qu'il est beau ! s'exclame-t-elle en se penchant sur le chiot. Je peux le prendre dans mes bras ? Sa mère ne va pas me mordre ?

— Non, elle est très gentille ! assure Morgane. Caresse-la, parle-lui ! Elle aura confiance en toi...

Les deux filles s'éloignent un peu, en emmenant Moïse et le chiot. Charles Odierne entraîne Océane et Yannick vers le jardin où sa femme a mis la table. Arthur reste en plan, les

1. Voir *Morgane en détresse.*

bras ballants. Il n'ose pas suivre Violette et sa sœur, mais il n'a pas très envie de se joindre aux adultes.

— Ça commence bien ! marmonne-t-il. Je n'ai pas pu dire un mot !

Heureusement, Morgane vole à son secours en lui faisant signe d'approcher.

— Arthur, on a besoin de toi, Violette cherche un nom pour son chien. Tu as vu ça, ils sont déjà copains !

Violette tient le jeune labrador contre sa poitrine et lui embrasse le sommet du crâne. Arthur voudrait trouver une répartie à la hauteur de la situation, mais il se sent stupide, l'esprit vide. Pourtant « elle » est là, toute proche, la fille de ses rêves...

— Appelle-le Nemo, comme le capitaine du *Nautilus*, dans *Vingt Mille Lieues sous les mers*[1] ! propose Morgane, qui aime beaucoup ce roman.

— Nemo ! répète Violette. Non, ça ne me plaît pas. Peut-être Sirius...

— Sirius... ça fait trop savant ! réplique Morgane. Je sais, Réglisse !

Violette hausse les épaules en murmurant :

— N'importe quoi ! Et puis j'ai horreur de la réglisse...

1. Célèbre ouvrage de Jules Verne.

Arthur se lance. S'il continue à se taire, il passera définitivement pour un idiot.

— Le vétérinaire qui a adopté son frère, il a trouvé un nom assez cool, Noë ! parvient-il à dire d'une drôle de voix. Alors...

Violette ne le regarde même pas. Peut-être attend-elle la suite ? Morgane adresse un coup d'œil satisfait à son frère, lui faisant signe de continuer sur sa lancée.

— Alors,... qu'est-ce que tu penses de... Léo ? achève Arthur.

— Bof ! répond Violette sans lever la tête. Vous venez ? On va dans le jardin...

Les trois enfants sont bien accueillis à table, où les discussions animées créent une ambiance chaleureuse. Arthur, heureux d'avoir réussi à placer son « Léo », se gave de chips et d'olives noires. Morgane s'est assise à côté de Violette, qui a gardé le chiot sur ses genoux.

Les jumeaux ne tardent pas à constater que dans cette famille, Violette a tous les droits. Charles Odierne et son épouse semblent éviter de la contrarier. Océane en profite pour déclarer, juste avant le dessert, qu'elle a du mal à faire obéir ses enfants.

— Surtout quand il s'agit de Dylan ! ajoute-t-elle. Je n'accuse pas ce dauphin, mais dès qu'il apparaît, Morgane, par exemple, n'a qu'une idée, plonger et le rejoindre...

Arthur pique du nez dans son assiette. Si leur mère continue, Violette et ses parents vont avoir droit au récit complet de leurs aventures et mésaventures. Mais c'est Yannick qui commence à raconter l'affaire du requin mako [1].

— Figurez-vous, Charles, que mon petit-fils s'est moqué de nos interdictions. Il a plongé avec des bouteilles, sans penser aux risques, alors qu'il était novice en la matière. Par chance, Morgane a réussi à le récupérer, car bien sûr, il avait été pris de panique face à ce requin pourtant inoffensif. Bref, il nous a causé une belle frayeur.

Océane approuve, tandis que le malheureux Arthur, gêné, se cache derrière ses boucles couleur de châtaigne. Il ne voit pas Violette adresser à Morgane un regard admiratif, mais il l'entend lui dire d'une voix enthousiaste :

— Alors toi, tu sais plonger ? Je me demande comment tu peux rester sous l'eau ! Moi, je ne sais pas nager et je ne veux pas apprendre...

— Tu habites ici et tu ne sais pas nager ? s'étonne Morgane. Je connais un moyen, te bai-

1. Voir *Le défi d'Arthur*.

gner avec Dylan ! Notre dauphin... enfin le dauphin qui est notre ami !

— Encore votre histoire de dauphin ! s'écrie Violette d'un air moqueur. Je n'y crois pas trop...

Cette fois, Morgane perd patience.

— Pourtant c'est la vérité. Maman vient de parler de lui. Mon frère, quand nous sommes arrivés en Bretagne, a failli se noyer[1]. Dylan l'a sauvé. Depuis il vit près de notre bateau.

Charles Odierne explique gentiment à sa fille :

— Je l'ai vu de mes yeux, leur dauphin, Violette. Enfin, au large du port.

L'énorme et magnifique tarte aux fraises qu'apporte alors Mme Odierne fait diversion. Océane attend le café pour poser quelques questions à leur hôte, qu'elle sait pêcheur, sur les calmars géants. Auparavant, elle évoque son examen du cachalot échoué.

Morgane lance un regard d'exaspération à son frère, qui signifie : « Si la conversation part sur les monstres des profondeurs, inutile de rester à table... »

Mais Arthur n'a aucune réaction. Sa sœur

1. Voir *Sauvetage à haut risque*.

propose alors à Violette de faire un tour jusqu'au port.

— Une balade fera plaisir à Moïse, au chiot aussi... Et peut-être que nous verrons Dylan... ? Maman, tu veux bien ? Et vous, Mme Odierne ?

— Bien sûr, Violette sera contente.

Quant à Océane, elle accepte également. La petite île de Molène lui paraît un endroit sûr et tranquille.

— Arthur, on y va ! déclare Morgane qui ne tient plus en place.

— Oui... j'arrive ! marmonne son frère.

Violette, à sa manière taciturne, guide les jumeaux vers le port, mais en suivant un autre chemin que la rue principale. Les deux chiens apprécient cet itinéraire plein d'odeurs nouvelles et d'espace. La vue sur le grand large et l'horizon ensoleillé ravissent Morgane, la seule à se montrer gaie et bavarde. Arthur, qui se tient un peu à l'écart des filles, passe son temps à scruter les alentours de l'*Odyssée*, dont il aperçoit la silhouette massive dans le port. Il espère de tout son cœur que Dylan sera là, ainsi que Vénus.

Soudain Violette pousse un cri :

— Léo ! Léo, ne mange pas ça ! C'est sale...

Arthur n'en croit pas ses oreilles. Violette a

choisi d'appeler son chien « Léo », le nom qu'il lui a suggéré.

— Coquin de Léo ! ajoute Violette en soulevant le chiot. Il est adorable ! Je vais lui acheter un collier rouge ! Comme ma robe...

Morgane sourit. Violette est une drôle de fille, décidément. Tour à tour boudeuse ou gracieuse, un peu secrète. Elle comprend son frère d'avoir « craqué » pour elle, car de plus, elle est vraiment très jolie.

Bientôt ils marchent sur la jetée du port. Arthur guette le moindre mouvement à la surface de l'eau. En vain. Les oiseaux de mer donnent un concert étourdissant, mais les dauphins ne se montrent pas. Morgane elle-même est déçue.

— J'aurais tant voulu que tu les voies, Violette ! Surtout Dylan !

— Moi, ça m'est égal ! Les dauphins sauvages, j'en ai déjà vu ! réplique froidement Violette. Quand je prenais le bateau pour aller au collège... Je préfère les chiens. Mille fois !

Morgane soupire. Arthur se met à siffloter, les mains dans les poches. Il rêve tout éveillé... Comme il aimerait obtenir un sourire de Violette, un seul ! Jusqu'à présent, il l'a seulement vue faire la moue, chuchoter, le regard ailleurs.

Pourtant elle a choisi d'appeler son chien « Léo ». C'est un signe, il en est persuadé.

— Bon, on rentre ! s'écrie Morgane, ça ne sert à rien d'attendre. Vénus et Dylan ont dû aller au large, rencontrer les dauphins du coin...

Arthur regarde sa sœur. Il a senti de l'angoisse dans sa voix. Elle doit s'inquiéter pour Dylan. Tout à coup, la présence de Violette passe au second plan.

— Tu crois qu'il y a un problème, fée Morgue ? demande-t-il. Tu as reçu un message de Dylan ?

— Non ! Rien ! C'est ça qui me déplaît...

Violette a écouté la conversation. Les jumeaux ont parlé vite, sans se quitter des yeux. Elle se sent complètement oubliée, même si cette histoire de dauphins et cet étrange surnom « fée Morgue », l'intriguent.

Elle se rapproche d'Arthur pour l'interroger :

— Comment as-tu appelé ta sœur ? Fée Morgue ! C'est bizarre...

— Oui, la fée Morgane... On la nommait aussi Morgue ! Tu ne connais pas ça... Son demi-frère, devine, c'était le roi Arthur ! Celui de la Table Ronde !

Violette réfléchit un instant. Léo, qu'elle tient contre son épaule, en profite pour lui lécher le menton. Surprise et ravie, elle éclate de rire. Arthur, comme Morgane avant lui, découvre l'appareil dentaire. En secret, il maudit sa sœur de ne pas l'avoir prévenu. Vite, il tourne la tête, avec l'air de celui qui n'a rien vu.

— C'est sûrement pour ça qu'elle ne sourit jamais, qu'elle boude ! se dit-il.

L'avenir lui semble à présent merveilleux, à condition toutefois que Dylan revienne dès l'aube, avec ou sans sa capricieuse Vénus.

Morgane a commencé à remonter la rue, entraînée par Moïse. Violette s'empresse de la rattraper.

— Morgane, je sais que les labradors adorent l'eau, tu crois que Léo voudra souvent se baigner....

— Bien sûr ! Ce sera une bonne occasion pour jouer avec lui !

Violette répond d'un ton farouche :

— Sûrement pas ! Quand j'étais petite, j'avais déjà peur de la mer...

Les deux filles se regardent. Morgane hausse les épaules.

— Tu es un cas, toi ! J'ai une amie, au collège, elle serait incapable de faire de la plongée, mais quand même, elle sait nager, elle se baigne...

— Tant mieux pour elle ! réplique Violette. Moi, ma vraie mère s'est noyée... J'avais trois ans. Alors je déteste l'eau, tu comprends ?

Morgane en reste muette de stupeur. Arthur a tout entendu. Mais il ne dit rien non plus. Le retour vers la maison se fait dans un silence gêné.

5

Dylan en perdition

Charles Odierne, son épouse, Océane et Yannick guettaient le retour des promeneurs sur le seuil de la maison.

— Ah ! Les voilà enfin ! soupire Océane en apercevant les trois enfants à mi-chemin. Ils vont être déçus... ajoute-t-elle. Demain, nous devions faire une balade dans l'archipel. Mais l'appel que j'ai reçu tout à l'heure change nos projets. Je dois absolument me rendre à Ouessant.

Charles s'apprête à lui répondre, mais Violette arrive la première et se jette à son cou :

— Papa ! Léo m'aime déjà. Il m'obéit bien et il me lèche.

Yannick éclate d'un bon rire :

— Ah ! Ces labradors ! Ce sont des chiens

formidables, affectueux, fidèles et bons nageurs... Tu pourras te baigner sans risque, Violette.

Morgane, un peu essoufflée, caresse Moïse en observant la réaction de Violette. Mais celle-ci se contente de jeter un regard noir à leur grand-père. Arthur, lui, pense que c'est le moment des adieux.

— Mes chéris ! J'ai une mauvaise nouvelle ! annonce Océane. Il est temps de remonter à bord. Demain nous partons pour Ouessant. Un autre cachalot échoué. Cela ne me surprend pas trop. J'ai promis à la municipalité de passer l'examiner.

— Oh ! Non ! soupire Arthur.

— Si vous permettez, Océane ! intervient Charles Odierne, ma femme et moi, nous garderions volontiers Morgane et Arthur. Violette n'a pas souvent de camarades de son âge. Je pourrais les emmener à une partie de pêche ! Par la même occasion, je leur ferai visiter les environs. Qu'en pensez-vous ?

Morgane regarde son frère, qui a retrouvé le sourire. Violette joue les indifférentes, tout en câlinant son chien.

— Si cela les tente, c'est une excellente idée. Merci beaucoup, Charles... répond Océane.

Arthur se réveille aux aurores. La journée s'annonce bien, puisque sa sœur et lui restent à Molène. Il va revoir Violette. Malgré son caractère particulier et son appareil dentaire, elle lui plaît de plus en plus. La veille, en rentrant sur l'*Odyssée*, Morgane et lui se sont couchés immédiatement.

Morgane frappe à la cloison.

— Roi Arthur ! dit-elle. J'ai un mauvais pressentiment. Je suis sûre que Dylan et Vénus ne sont toujours pas là...

— Arrête de t'inquiéter ! répond-il. Ils avaient peut-être besoin d'un peu de tranquillité !

Il ne faut qu'une petite minute à Morgane pour entrer en coup de vent chez son frère. Elle se campe au pied de son lit, les mains sur les hanches :

— C'est le dernier de tes soucis, avoue ? Dylan peut disparaître, tu ne penses qu'à cette imbécile de Violette ! Tu me dégoûtes, Arthur !

Sur ces mots, Morgane ressort en claquant la porte. Son frère l'entend courir sur le pont et appeler le grand dauphin une dizaine de fois avant de redescendre dans sa cabine.

— Oh non ! Elle avait raison, Dylan nous a laissé tomber... marmonne-t-il. Mais il est libre de prendre deux jours de congé, quand même !

Le dimanche sur l'île de Molène semble débuter sous le signe de la discorde. Morgane prend son petit-déjeuner du bout des lèvres, sans dire un mot à Arthur. Océane qui paraît soucieuse, ne s'en aperçoit pas. Yannick, occupé à préparer le départ, salue à peine ses petits-enfants.

— Bien ! déclare Océane, papy et moi, nous y allons. Nous gardons Moïse, inutile qu'elle revoie son chiot.

Morgane regarde la chienne. Couchée sur la couverture qui porte encore l'odeur de ses petits, Moïse semble mélancolique.

— Mais, maman, elle va s'ennuyer sans nous ! s'écrie Arthur. On peut l'emmener.

— Non, mon chéri. Elle voudra vous suivre sur le bateau de pêche et cela peut déranger Charles. C'est déjà très gentil à lui de vous inviter. D'ailleurs, je pense qu'il ne va pas tarder. Vous avez rendez-vous sur le port !

— Ah ! Première nouvelle ! ironise Morgane qui n'a plus du tout envie de quitter l'*Odyssée*. Et Dylan, maman ? Qu'est-ce qu'il va faire, s'il retrouve le bateau et que nous n'y sommes pas, Arthur et moi ? Il repartira, voilà, pour toujours...

Océane observe sa fille. Morgane paraît sincère.

— Enfin, ma puce ! Sois raisonnable. Dylan a pris ses distances parce que Vénus est revenue. Il n'y a pas de quoi en faire un drame ! Vous le reverrez bientôt.

Arthur ne se mêle pas à la discussion, si bien que sa sœur lui lance un regard furieux. Océane soupire :

— Écoutez, si nous voyons Dylan, je vous appelle. Prenez mon portable, je vous contacterai avec le poste du bord. Et profitez quand même de votre journée !

Charles Odierne, en arrivant au port, trouve les jumeaux assis au soleil. Ils n'ont pas l'air très joyeux. L'*Odyssée* s'éloigne déjà en direction de l'île d'Ouessant.

— Salut les enfants ! Prêts pour l'aventure ?

— Oui, monsieur ! répond Morgane d'un ton poli.

Arthur s'attendait à découvrir Violette près de son père. Mais elle n'est pas là. Il espère encore. Peut-être viendra-t-elle dans cinq ou dix minutes... Charles le détrompe très vite :

— J'ai proposé à Violette de venir avec nous, mais elle préfère rester à la maison. Elle nous a promis un gâteau pour le goûter ! Léo a dormi sur son lit. Ce chien-là, il ne sera pas malheureux chez nous !

Morgane sourit faiblement. Malgré le soleil éclatant, le bleu profond de l'océan et du ciel, elle se sent oppressée. Arthur monte le premier à bord du bateau de pêche des Odierne, dont le nom, la *Belle Madeleine*, peint en jaune sur la coque, le surprend un peu. Cette embarcation-là ne ressemble guère à l'*Odyssée*. D'abord il y traîne une tenace odeur de poisson, de varech. Le pont est encombré de seaux, de filets, d'objets divers. Morgane le rejoint en jetant un œil amusé autour d'elle.

— Il est adorable, ce bateau ! souffle-t-elle à l'oreille de son frère, mais vraiment petit, comparé au nôtre...

— Ouais ! grogne Arthur sans la regarder. Et alors ?

Morgane en pleurerait. Elle a besoin de la complicité de son jumeau. Plus le temps passe, plus elle éprouve une angoisse presque insupportable.

— Oh ! Roi Arthur ! chuchote-t-elle. Au secours... Je sais, j'ai été nulle ce matin, mais je me sentais mal, et toi tu ne faisais pas attention à moi, ni à Dylan !

Son frère joue les durs, accoudé au bastingage de bois verni. Charles a démarré le moteur et la *Belle Madeleine* quitte le port, ballotté par les vagues venues du grand large.

— Arthur ! murmure Morgane en le secouant par un bras. Il se passe quelque chose de grave ! Je ne sais pas où, mais j'en suis sûre ! C'est Dylan, je le sens... Mais je ne vois rien, tu comprends, aucune image... je ne reçois aucun message. Juste cette sensation de peur, de chagrin ! Comme dans cet horrible cauchemar...

— Quel cauchemar ? demande Arthur d'un air intrigué.

— Un rêve affreux, cette nuit, mais je te le raconterai plus tard. En tout cas, Dylan était en danger, alors je pense à lui sans arrêt !

Son frère la regarde attentivement. Morgane semble vraiment bouleversée.

— Moi aussi je suis inquiet pour Dylan ! avoue-t-il. Mais qu'est-ce qu'on peut faire ?

Charles Odierne tient la barre en sifflotant. Depuis un moment, il surveille d'un œil le conciliabule des jumeaux.

— Un problème, les enfants ? leur crie-t-il.

Le vent atténue le son de sa voix. Morgane s'approche de lui. Cet homme au visage franc lui inspire confiance.

— Notre dauphin a disparu, monsieur ! C'est difficile à expliquer, mais j'ai l'impression qu'il est en danger.

— Ce n'est peut-être qu'une impression, ne t'en fais pas, va ! Il va revenir. Si nous causions un peu, tous les trois. Cela vous changera les idées ! D'abord, appelle-moi Charles, pas monsieur ! Ton frère aussi...

La *Belle Madeleine* poursuit sa route entre les îlots de l'archipel, où nichent des centaines d'oiseaux de mer. Leur nombre, leur variété, leurs envols bruyants et leurs cris enchantent Morgane et Arthur.

— Je vous fais visiter mes coins préférés, ensuite nous irons au large pour pêcher ! explique Charles. Vous me donnerez un coup de main ?

— Bien sûr ! répond Arthur. Mon grand-père m'a déjà emmené à la pêche, mais avec un lancer[1]... Au filet, ça doit être différent.

— Oui ! Et chaque fois, on a des surprises. Bonnes ou mauvaises ! ajoute le père de Violette.

Maintenant la *Belle Madeleine* se dirige vers le grand large. Morgane surveille les environs, en se concentrant de toutes ses forces pour appeler Dylan par télépathie. Mais le dauphin ne se manifeste pas. De plus en plus soucieuse, elle reste penchée sur le bastingage. La surface

1. Il s'agit d'une canne à pêche pourvue d'un moulinet.

dentelée de vagues défile sous ses yeux. L'eau verte présente parfois des reflets sombres. On dirait que des formes étranges passent en profondeur. Morgane frissonne.

— Et s'il y avait un calmar géant par ici... Celui qui s'est battu avec ce pauvre cachalot, il doit bien se trouver quelque part dans l'océan.

Il n'en faut pas plus. Morgane imagine soudain l'étrange bête aux longs tentacules rôdant sous le bateau. La mer lui paraît un gouffre terrifiant. Vite, elle recule et rejoint son frère.

— Toi, tu te fais du souci pour ton dauphin ! lui lance Charles. Tu sais, nous sommes en mer d'Iroise. Il y a beaucoup de grands dauphins dans ce secteur. Ton Dylan les a peut-être rejoints.

— Peut-être ! répète-t-elle sans conviction. Mais vous savez, je suis très contente de la balade.

Arthur se débat avec le filet de pêche. Il s'écrie gaiement :

— Moi aussi !

— Ah ! Vous me faites plaisir, ton frère et toi ! Pas une plainte, le pied marin ! Si seulement ma fille était comme vous...Violette déteste l'eau. Et les bateaux, l'océan...

— Elle nous l'a dit ! réplique Arthur. Et ça ne la dérange pas trop de vivre sur une île ?

— Non ! Violette adore notre maison, notre île, tant qu'on ne l'oblige pas à en sortir ! Ah ! Il faut de la patience avec elle. Mais j'en ai, car elle a eu de gros problèmes au collège. Et même avant...

Les jumeaux approuvent en silence. Charles Odierne semble soulagé de leur parler de sa fille.

— Ma femme n'est pas la vraie mère de Violette.. poursuit-il. Mais elle l'a élevée dès l'âge de trois ans. Violette ne le savait pas. J'ai jugé bon de lui dire la vérité le jour de ses dix ans. Depuis elle a changé de caractère. Nous avons eu droit à des colères terribles, suivies de grosses crises de larmes. Elle refusait de manger, d'aller à l'école. Je regrette bien de lui avoir raconté tout ça.

Morgane commence à trouver des excuses à Violette. Comment réagirait-elle si on lui apprenait une chose pareille ?

— Est-ce qu'elle vous a posé des questions sur sa vraie mère ? demande Arthur.

— Oui ! Aussitôt. J'ai eu tort de répondre franchement. Je la croyais assez forte. Et j'avais l'accord d'un psychologue pour enfants. Quelle bêtise... Sa maman s'appelait Madeleine ! Elle s'est noyée près des côtes d'Ouessant. Violette n'était qu'un bébé.

— Vous avez dû être très malheureux ! murmure Morgane qui pense soudain au nom du bateau, la *Belle Madeleine*.

— J'ai cru devenir fou de douleur ! Allons, je vous ennuie avec mes histoires... Parlons plutôt de la pêche... Arthur, viens par ici ! Je vais t'apprendre à lancer un filet ! Morgane, peux-tu tenir la barre à ma place, cinq minutes ?

Une heure plus tard, Morgane et Arthur sont accroupis sur le pont. Ils trient les poissons prisonniers du filet, en suivant les indications de Charles.

— Vous avez devant vous un échantillon de l'alimentation qu'aiment les grands dauphins ! leur dit-il gentiment.

— C'est impressionnant ! déclare Morgane. Si Dylan nous avait accompagnés, il nous aurait peut-être aidés. Mon grand-père m'a raconté qu'en Australie, des dauphins rabattent les poissons jusque dans les filets des pêcheurs, le long des plages.

— J'ai lu un article là-dessus ! approuve le père de Violette. Mais en Bretagne, les dauphins ne sont pas si serviables.

Arthur pousse un cri de surprise :

— Regardez ça ! C'est bien un calmar ?

Charles Odierne se penche à son tour sur leur pêche.

— Oui, mon gars, tu as raison ! Voici un petit calmar ! Celui-ci, un cachalot n'en ferait qu'une bouchée.

Morgane fait une moue dégoûtée en examinant de près le calmar.

— Alors c'est vrai ? Les calmars géants sont pareils, mais en grand...

— Tout à fait ! affirme Charles. Il n'y a que la taille qui change ! Votre mère nous disait hier soir qu'en 1996, un navire de recherche océanographique néo-zélandais avait pris dans ses filets un calmar de huit mètres qui pesait une tonne !

Arthur n'ose pas imaginer un tel animal. Morgane se relève précipitamment et prend ses distances. L'aspect du calmar lui fait vraiment horreur.

— Heureusement qu'ils vivent dans les grands fonds... Et dans d'autres pays ! marmonne-t-elle.

— Oh ! Écoute ! lui crie son frère.

Un cri strident, encore lointain, a retenti sur l'océan.

— C'est un dauphin ! balbutie Morgane. Je suis sûre que c'est Dylan.

Arthur court à l'arrière du bateau. Sa sœur le suit, en souhaitant de tout son cœur voir Dylan bondir vers eux.

— Là-bas ! À tribord ! Je vois quelque chose ! hurle Arthur. C'est un grand dauphin... Mais qu'est-ce qu'il a ?

Morgane serre le bras de son frère.

— Il nage sur le côté. Il semble très faible. Arthur, j'ai peur...

6

Seul contre tous

Charles Odierne ne perd pas de temps. Il change de cap et dirige la *Belle Madeleine* vers le dauphin. Morgane et Arthur se tiennent par la main, réconciliés pour de bon cette fois. La même peur les pétrifie. Jamais ils n'ont vu un dauphin aussi immobile, se laissant emporter par les vagues comme s'il n'avait plus aucune force.

Pourtant, le bruit du moteur semble le tirer de sa somnolence. Il émet un long cri très doux, qui donne envie de pleurer aux jumeaux.

— Regardez, crie Morgane ! C'est bien Dylan ! Je le reconnais. Arthur, appelle maman ! Demande-lui ce qu'il faut faire en cas de blessure grave.

— D'accord ! répond-il d'une voix tremblante. Je lui dis de nous rejoindre, aussi...

Deux minutes plus tard, l'air furieux, Arthur secoue le portable :

— Bien sûr, je tombe sur la messagerie ! C'est toujours pareil !

Charles a manœuvré habilement afin d'approcher Dylan sans risquer de le blesser.

— Les enfants ! dit-il. Je ne sais pas si je peux couper le moteur et jeter l'ancre... Je crois que votre dauphin est épuisé, ou malade. Il aura vite fait de dériver.

— S'il nous reconnaît, il tiendra le coup ! affirme Morgane. Et il faut qu'il nous reconnaisse !

Sous le regard stupéfait de Charles, elle se débarrasse en vitesse de ses baskets, enjambe le bastingage et plonge.

— Oh ! Morgane, es-tu devenue folle ? hurle-t-il.

Arthur s'empresse de rassurer le père de Violette :

— N'ayez pas peur ! Morgane nage comme un poisson... Je savais qu'elle allait faire ça ! Dylan communique avec elle par la pensée. Il a dû l'appeler au secours...

Morgane, au moment où elle s'est enfoncée sous l'eau, a éprouvé une sensation d'oppression inhabituelle. Cela ne lui était jamais arrivé. Saisie d'un début de panique, elle refait rapidement surface et s'élance vers le dauphin en quelques brasses vigoureuses.

— Dylan ! Courage, je suis là... Qu'est-ce que tu as ?

Dylan la regarde intensément, avec une expression désespérée. Affolée, Morgane se maintient à sa hauteur, cherchant une blessure. D'une main, elle caresse la tête de son ami dont l'évent[1] s'ouvre et se referme par spasmes.

— Où as-tu mal ? Si seulement tu pouvais me parler ! gémit-elle.

Le grand dauphin, d'un mouvement imperceptible, se rapproche de Morgane. Il semble quémander du réconfort.

Arthur, qui observait la scène, sursaute quand Charles le secoue par l'épaule.

— Regarde, là-bas. Des grands dauphins... Ils sont au moins une vingtaine ! Ce sont peut-être eux qui ont attaqué votre Dylan ! J'ai l'impression qu'ils viennent par ici !

— Morgane ! crie Arthur. Il y a des dauphins sauvages. Ils nagent vers nous !

1. Orifice respiratoire chez les cétacés.

— Mais je ne peux pas laisser Dylan. Il va très mal ! Faites quelque chose, je vous en prie...

Charles, dépassé par la situation, déclare d'un ton autoritaire :

— Remonte tout de suite à bord ! Je suis responsable de toi, Morgane. Viens par là, à la proue, j'installe l'échelle.

— Non ! Pas la peine ! bredouille-t-elle, car une lame plus forte que les autres l'a frappée en plein visage. Je reste avec Dylan ! Il a besoin de moi.

Morgane entoure la tête du dauphin de ses bras et se laisse flotter comme lui. Elle reprend courage en entendant la sonnerie du portable. Arthur également, car c'est Océane.

— Maman ! Aide-nous. Dylan va mal. Il ne bouge plus, il reste sur le flanc. Morgane s'est jetée à l'eau. Elle est avec lui... Vous arrivez le plus vite possible ! Merci, Maman, je t'adore. Oui, je te donne notre position !

Arthur transmet la bonne nouvelle à sa sœur, mais elle l'écoute à peine, sa joue appuyée contre celle de Dylan. Une suite confuse d'images se succèdent dans l'esprit de Morgane.

Il avait retrouvé sa compagne. Ils étaient heureux, joueurs, mais affamés. Il l'a guidée vers un bon territoire où la nourriture abondait. Mais ceux qu'il prenait pour ses frères sont arrivés. Ils l'ont attaqué brutalement, le frappant, le repoussant pendant que d'autres la cernaient, elle, et l'emmenaient. Il a voulu défendre ses droits, la libérer. Le combat s'est fait encore plus violent. Il était seul contre tous. La mort rôdait, souhaitée par ceux qui auraient dû l'accepter comme un des leurs. Il s'est écarté, il s'est enfui pour survivre. Mais son cœur souffrait tant... Il s'est laissé emporter, résigné à perdre ses forces, son rôle de compagnon...

Morgane comprend ce qui s'est passé. Elle a envie de pleurer. Tout ce qu'elle aimait semble lui échapper... Cette mer qui l'entoure, la porte, lui fait l'effet d'un piège immense, prêt à l'engloutir. Les dauphins sauvages se rapprochent. Ils ne sont pas comme Dylan... Ils ne la connaissent pas. Une peur démesurée l'étouffe.

— Si je lâche Dylan ! songe-t-elle, je vais me noyer. Je n'aurai pas la force de nager... et si les dauphins nous attaquent, je ne pourrai pas me défendre.

Sur la *Belle Madeleine*, Charles, lui, ne sait plus où donner de la tête :

— Votre mère ne sera pas là avant une heure ! dit-il à Arthur. Tu parles d'une histoire...

La bande de grands dauphins tourne autour de Dylan et de Morgane. Les plus gros, des mâles imposants, bondissent à tour de rôle. Les cris qu'ils lancent à chacune de leurs acrobaties sont particulièrement aigus. Arthur serre les dents, affolé à son tour. Il est très inquiet pour sa sœur...

— Arthur, redémarre le moteur ! ordonne Charles. Nous allons essayer de les chasser de cette zone. À mon avis, ils ne supportent pas la présence d'un dauphin étranger sur leur territoire.

— Mais pourquoi ! proteste Arthur. Dylan ne les dérange pas...

— Tu n'en sais rien ! réplique le père de Violette en prenant sa place au gouvernail. Explique vite à ta sœur ce que nous allons faire. Dis-lui que nous revenons aussitôt.

Arthur s'empresse d'obéir. Morgane hoche la tête pour dire qu'elle a compris.

La *Belle Madeleine* s'éloigne en laissant un sillage bouillonnant.

— N'aie pas peur, Dylan ! chuchote-t-elle. Ils ne te feront plus de mal !

Morgane souhaite de tout son cœur que le plan de Charles fonctionne. Elle ferme les yeux pour ne plus rien voir, en étreignant plus fort le cou de Dylan.

Sur le bateau, Arthur guide Charles en lui indiquant les déplacements des grands dauphins. Ceux-là nagent à vive allure et continuent à encercler le secteur où se trouvent Dylan et Morgane.

— ... ça alors ! s'écrie-t-il soudain.

— Qu'est-ce que tu vois ? demande le pêcheur, de plus en plus nerveux.

— Je crois que j'ai reconnu Vénus ! La compagne de Dylan... Son aileron est légèrement fendu, près du dos. Je n'y comprends rien ! marmonne Arthur.

— C'est assez simple, d'après moi ! rétorque Charles. Ils l'ont capturée ! Désolé, Arthur, mais les dauphins ont leurs défauts. Ils isolent une femelle et ensuite l'obligent à faire partie du groupe. Dylan a dû se battre avec eux pour la délivrer. J'ai vu un documentaire où les choses se déroulaient exactement comme ça. Allez, on continue à leur faire peur ! En douceur, sinon ta mère risque de me tirer les oreilles...

Arthur parvient à sourire. Il aimerait tant voir l'*Odyssée* apparaître. Son grand-père, sa mère lui manquent terriblement.

Morgane commence à se sentir glacée malgré le soleil. Le comportement de Dylan la désole. Elle a beau lui parler, le rassurer, le dauphin semble abattu, prostré sur son chagrin.

— Dylan ! Réveille-toi ! Et d'abord, où est Vénus ? Si on allait la chercher, tous les deux ?

Les jumeaux ont souvent joué avec Dylan. Ils l'ont caressé, ils se sont tenus à sa nageoire dorsale pour des folles courses autour de l'*Odyssée*. Mais ils ont toujours été prudents, suivant en cela le conseil de leur mère : « Il faut respecter les dauphins, même quand ils sont apprivoisés. Certains deviennent agressifs si on se montre trop familier... »

Morgane s'en souvient très bien. Cependant elle se met à éclabousser Dylan, à gesticuler. Elle ose même le pousser, le secouer de toutes ses forces. Il amorce enfin un mouvement de tête, tourne sur lui-même.

— Allez, Dylan ! Tu vois, tu peux bouger ! Suis-moi, on nage !

Elle se lance dans un crawl revigorant, tandis que Dylan émet une série de cliquetis, en se décidant à la suivre.

Ensuite, tout va très vite. Morgane entend un bruit ronflant de moteur, des cris de joie. Brusquement une grande forme blanche fonce vers elle, à fleur d'eau.

« On dirait un calmar ! pense-t-elle en s'immobilisant. Non, je ne veux pas »

À cet instant précis, Dylan bondit en avant et plonge en la bousculant...

Il se croyait vaincu, séparé de sa compagne pour toujours. Son corps douloureux n'avait plus d'énergie. La violence du combat a réveillé des souvenirs pénibles, où dominent la souffrance, la terreur, la même sensation de solitude. Mais elle vient de le rejoindre. Ses cris, inaudibles pour d'autres créatures, lui transmettent des courants de détresse, de peur. Elle lui demande de fuir le plus vite possible. Elle accepte aussi la protection de Morgane, d'Arthur, de leur compagnon du monde terrestre. Il reprend courage.

Morgane guette le moindre mouvement sous elle.

— Mais qu'est-ce que c'était ? se demande-t-elle.

Heureusement, la *Belle Madeleine* revient. Arthur lui lance un cordage.

— Oh ! Morgane, tu tiens le coup ? Accroche-toi, on va t'aider à remonter ! Tu as vu Vénus ?

— Vénus ? s'écrie-t-elle. C'était Vénus... Oui, je crois que je l'ai vue !

Comme c'est bon de se retrouver à bord d'un bateau, enveloppé dans un immense pull bien sec. Charles, rassuré, sort de la petite cabine centrale un paquet de biscuits un peu mous et un thermos.

— Tiens, Morgane, ça te redonnera des forces. J'ai du café, aussi.

— Merci, j'en veux bien un peu ! soupire-t-elle.

Arthur a pitié de sa sœur. Elle a les lèvres bleues et grelotte dans ses vêtements ruisselants, exposée au vent du large. Il l'embrasserait bien, mais une telle démonstration d'affection n'est plus de leur âge.

— On a enfin réussi à faire décamper les autres dauphins ! lui raconte-t-il. Avant, j'étais sûr d'avoir aperçu Vénus. Je l'ai appelée, elle m'a répondu. Alors, Charles et moi, on a rusé ! On a jeté vers eux toute notre pêche. Il y a eu un beau remue-ménage. Vénus en a profité pour s'échapper...

— Ton frère dit vrai ! insiste Charles. D'ailleurs, quand je raconterai ça à ma femme et à Violette, elles ne me croiront pas !

Morgane, qui a bu une grande gorgée de café tiède, retient une grimace et balbutie d'un air inquiet :

— Mais Dylan est très faible ! Ils vont encore les poursuivre, Vénus et lui, les séparer.

— Non ! assure son frère. Je te promets qu'ils sont partis dans la direction opposée.

— Et maman, qu'est-ce qu'elle en pense ?

— Je ne sais qu'une chose, l'*Odyssée* ne devrait pas tarder ! répond Charles. Je leur ai donné notre position, en précisant que nous rentrions sur Molène, sans faire de détour cette fois.

Morgane se sent épuisée. Elle sourit à son frère, à Charles, puis elle se cale contre une lourde caisse. Arthur surveille l'océan. Il pousse un cri ravi :

— Eh ! Fée Morgue ! Sois tranquille. Je viens de voir Dylan et Vénus, loin devant. Ils sautaient en l'air comme des fous... Je me demande ce qui s'est passé entre eux !

— Je te raconterai... dit Morgane d'un ton grave. Pas maintenant.

7

Une soirée de rêve

Violette devait guetter leur retour. Ils sont à peine entrés dans le couloir qu'elle se précipite, Léo trottinant gauchement sur ses talons.

— Le goûter est prêt ! annonce-t-elle. Vous avez de la chance, je n'ai pas fait brûler mon gâteau.

— Formidable ! s'écrie son père. Mais si tu pouvais prêter des habits à Morgane, la pauvre, elle est trempée.

— Encore ! dit Violette d'un air ébahi.

Arthur éclate de rire. Il a eu tant d'émotions durant cette partie de pêche mouvementée qu'il n'éprouve plus ni gêne ni timidité.

— Avec ma sœur, c'est souvent comme ça ! déclare-t-il. Elle se jette à la mer à la moindre occasion.

Océane et Yannick, très inquiets, arrivent trois quarts d'heure plus tard à Molène. Ils se retrouvent bientôt tous réunis dans le jardin, à l'ombre d'un grand parasol orange. Charles Odierne raconte brièvement les événements de la journée.

Morgane écoute le récit de ses propres exploits sans broncher. Sa mère, qui n'aime pas les sermons en public, se contente de désapprouver sa conduite :

— Tu as pris un risque insensé, ma chérie ! Je suis désolée de vous avoir indirectement causé autant de soucis ! ajoute Océane à l'adresse de Charles.

Celui-ci avoue que l'aventure ne lui a pas déplu.

— Et rassurez-vous, j'ai juste dispersé les dauphins sauvages.

Mme Odierne, à la fois amusée et impressionnée, déclare qu'elle n'aimerait pas voir Violette prendre de telles initiatives. Arthur reprend une part de gâteau au chocolat.

— Il est excellent, super bon ! dit-il.

Violette, qui porte le fameux pull jaune, lui sourit de façon charmante. Ce sourire foudroie Arthur, qui ne s'y attendait pas. Dire qu'ils vont quitter Molène dans quelques heures... Comme dans un rêve, il propose sans réfléchir :

— Dis, Violette ! Si tu veux visiter notre bateau... Cette fois, je suis sûr que tu verras Dylan et Vénus.

— Bonne idée ! renchérit Morgane.

— Oui, bonne idée ! répète Violette.

Violette et les jumeaux marchent vers le port en compagnie de leur grand-père. Morgane a pris le bras de Yannick, un geste affectueux qui surprend un peu le capitaine de l'*Odyssée*.

— Tu verras, notre bateau est génial ! déclare Arthur à Violette. Je peux te prêter des C.D., si tu veux...

— Si ça ne t'ennuie pas. Je ne sais pas comment je te les rendrai.

Arthur hausse les épaules en répliquant :

— On passera sûrement par là, cet été.

En arrivant sur la jetée, Morgane saisit Violette par l'épaule.

— Regarde, à l'entrée du port... Dylan est là, avec Vénus. Si tu savais comme j'ai eu peur. Je croyais qu'il allait mourir.

Violette hoche la tête. Les deux dauphins nagent paisiblement l'un près de l'autre.

— Ils ont l'air heureux ! murmure-t-elle.

— C'est vrai... soupire Morgane. Maintenant, à toi l'honneur, on monte chez nous.

— Et bienvenue à bord ! ajoute Yannick en soulevant un peu sa casquette.

Violette franchit la passerelle sans hésiter. La mer est calme, le bateau a jeté l'ancre. Dans ces conditions, elle ne craint rien.

Arthur joue les guides. Sa sœur ne l'a jamais vu aussi drôle, aussi enthousiaste.

— Voici la proue, notre endroit préféré. Ici, ma sœur se fait bronzer en lisant du Jules Verne ou des magazines... La cabine de pilotage, avec écrans de contrôle, radar et sonar. La radio, bref, un matériel de pointe. Et une casquette de rechange pour papy, en cas de grand vent.

Violette éclate de rire. Ils s'apprêtent tous à descendre dans l'habitacle quand Moïse accourt, en aboyant joyeusement.

— Notre chien de garde ! continue Arthur. Tu le connais... Moïse sauvée des eaux.

Yannick, amusé par le numéro de son petit-fils, le précède dans la cuisine. Il lance à leur invitée :

— Et voici la cuisine de notre cher Arthur ! Un cuistot hors pair.

Violette va de surprise en surprise. Les cabines l'intéressent beaucoup. Dans celle de Morgane, elle examine chaque poster, les livres, le hamac.

— C'est vraiment comme votre maison ? demande-t-elle d'un ton rêveur.

— Oui, et moi j'adore cette vie ! répond Morgane.

— Mais vous n'avez pas de jardin...

— Quand nous habitions à Paris, nous n'avions pas de jardin non plus ! dit Arthur. Sur l'*Odyssée*, au moins, il y a la mer. On se baigne dès qu'il fait assez chaud, ou bien avec nos combinaisons de plongée. Tu sais, au début, je détestais le bateau, la Bretagne, la mer... Maintenant, je trouve tout merveilleux. C'est grâce à Dylan ! Devenir l'ami d'un dauphin, ça change tout...

Violette approuve en silence, puis elle avoue :

— Peut-être que moi aussi, ça me plairait de vivre comme vous ! Mais j'aurais peur de me noyer, si le bateau coulait... Les tempêtes sont terribles, par ici !

Morgane pense aux confidences de Charles. Elle répond doucement :

— Tu as raison, les tempêtes sont effrayantes. Une fois, je me suis réfugiée dans le coin de Moïse, les chiots contre moi. J'étais sûre que nous étions perdus, mais non, le calme est revenu. Tu devrais apprendre à nager, Violette. J'aurais pu te donner des leçons, avec Dylan comme maître nageur.

Violette regarde Morgane en souriant, puis elle dévisage Arthur.

— Vous n'avez qu'à revenir souvent, pendant les vacances ! dit-elle tout bas.

Dix minutes plus tard, Océane, qui s'était attardée chez les Odierne, découvre Violette et Arthur installés devant son ordinateur. Sur l'écran s'affiche un cliché en couleurs représentant un calmar géant.

— Eh bien ! On se documente ! s'écrie-t-elle.

— Oui, Violette ne connaissait pas internet ! explique Arthur.

Morgane se tenait à l'écart. Elle rejoint sa mère et se réfugie dans ses bras.

— Maman, ne sois pas fâchée ! Je t'en prie. Je ne pouvais pas abandonner Dylan.

Océane serre sa fille contre elle, très fort. Elle lui souffle à l'oreille :

— Ma chérie, j'ai eu peur pour toi, et la peur joue sur les nerfs. Mais tu es brûlante !

— Je ne me sens pas très bien.

Violette les observe d'un regard pensif. Arthur s'en aperçoit.

— Tu viens sur le pont... lui chuchote-t-il. Je crois que Dylan est tout près du bateau.

Ils sortent tous les deux. Morgane, toujours blottie contre Océane, constate qu'ils se tiennent par la main...

— Si tu es malade, ma pauvre chérie, je vais changer nos projets ! dit Océane. J'ai invité les parents de Violette à dîner. Cela les amusait, un repas sur l'*Odyssée*.

— Non, maman, ne change rien à cause de moi ! proteste Morgane. J'ai dû prendre froid. Mais je suis capable de t'aider. Au contraire, ça me changera les idées !

— Alors, au travail, ma puce !

Morgane retient Océane par la taille. Elle baisse la tête pour demander :

— Dis, maman, tu es bien ma vraie mère ? Et papa, mon vrai père... Vous n'allez pas m'annoncer le contraire bientôt !

Océane ne semble pas surprise. Elle sourit, attendrie.

— Alors, tu es au courant pour Violette... Charles se tourmente beaucoup à son sujet ! Hier soir, pendant votre promenade, il nous a parlé de ses problèmes, à grand-père et à moi. Ne t'inquiète pas, ma chérie, tu as été élevée par tes vrais parents. Mais Mme Odierne souffre elle aussi. Elle considère Violette comme sa fille, elle l'aime de tout son cœur. Et Violette la rejette depuis qu'elle sait la vérité. Ce n'est pas facile comme situation.

Morgane réfléchit. Sa mère a raison. Quand

on veille sur un enfant pendant des années, si l'on aime fort, il n'y a pas une grande différence.

— Écoute, maman ! Violette a l'air de nous apprécier. Si l'on devient amis, tous les trois, on pourra en parler avec elle.

— Je vous fais confiance ! plaisante Océane. Vous communiquez avec les dauphins, alors vous êtes sûrement capable d'apprivoiser une fille de votre âge en pleine crise... Et si tu appelais ton père ? Je t'accorde dix minutes.

— Oh ! Génial ! Merci maman, je t'aime tant...

En entendant la voix grave et affectueuse de son père, Morgane doit faire un gros effort pour ne pas éclater en sanglots. Elle l'écoute lui raconter sa vie parisienne, mais quand Gérard Montferron lui demande si tout va bien, elle n'ose pas dire ce qui la tourmente...

Sur le pont, Arthur et Violette contemplent les acrobaties de Vénus. La femelle dauphin paraît plus en forme que Dylan.

— Il n'a pas de blessures apparentes ! murmure-t-il, il a sûrement reçu des coups de rostre dans le ventre. J'espère qu'il va vite récupérer.

— Je l'espère aussi ! déclare Violette. Il a

l'air si gentil. Tu sais, Arthur, je n'avais jamais vu un dauphin de si près.

— Allez, je t'aide à descendre l'échelle et tu le caresses ! Je t'en prie, Violette... Tu seras super contente, après !

— Et si je tombe à l'eau ! Je coulerai tout de suite, je t'assure.

— Je ne te lâcherai pas la main ! affirme Arthur en fixant Violette de son regard vert, très convaincant.

Lorsque Charles Odierne et sa femme arrivent sur le port, ils ont la surprise de découvrir leur fille cramponnée à l'échelle de l'*Odyssée*. Violette a de l'eau jusqu'aux chevilles et caresse le crâne d'un grand dauphin.

— Mais c'est un événement ! chuchote son père.

Madame Odierne approuve tristement.

— Oui, il lui faudrait des camarades comme ces deux-là, mais hélas, ils vont repartir.

— Ne t'en fais pas ! Ils reviendront. Leur mère pense que durant l'été, elle viendra près d'ici, pour étudier les dauphins de notre secteur.

Le dîner dans la petite cuisine de l'*Odyssée* se déroule dans une atmosphère fort joyeuse.

Les convives sont attablés coude à coude, mais cela ne dérange personne. Violette parle beaucoup et rit encore plus. Elle semble avoir oublié son appareil dentaire, qui pourtant l'obsédait trois jours plus tôt. Yannick débouche du cidre pour le dessert, en l'occurrence une pile de crêpes au sucre. Seule Morgane se sent mal en point. Elle n'a qu'une envie : aller se coucher.

Quand leurs invités se préparent à partir, elle embrasse Violette avec affection. Comme Arthur est déjà monté sur le pont, elle dit en souriant :

— À bientôt, Violette ! Et tu m'écris au collège... ne perds pas l'adresse.

— Je vais essayer ! répond celle-ci. Arthur a promis de m'écrire lui aussi.

Morgane répond très bas :

— Je suis certaine que tu auras une lettre très vite.

Arthur voudrait se retrouver seul avec Violette, juste le temps de lui dire « au revoir » face au soleil couchant. Peut-être réussirait-il alors à lui glisser un « je t'aime » très discret. Mais il hésite.

— Non, je lui écrirai. D'abord, je dois demander conseil à Morgane.

Lorsque Charles, sa femme et Violette montent sur le pont, ils s'empressent d'admirer Dylan et Vénus une dernière fois. Océane et Yannick les accompagnent. Arthur pousse un soupir déçu. Pourtant, juste avant de franchir la passerelle, Violette se retourne et lui envoie un baiser. Personne n'a vu ce geste extraordinaire.

— Super cool ! pense Arthur en se cramponnant au bastingage. Quand ma sœur saura ça...

L'*Odyssée* quitte presque aussitôt le port de Molène pour prendre le chemin du retour. Yannick, après avoir bu un café bien noir, prend les commandes. Arthur aide sa mère à ranger la cuisine.

— Morgane pourrait nous donner un coup de main ! s'écrie-t-il.

— Ta sœur se repose, Arthur. Elle a pris froid..

Océane s'arrête brusquement, une pile d'assiettes entre les mains.

— Dis-moi, Arthur ! Ta sœur m'a paru surtout très angoissée. Si tu me racontais tout en détail. Je suis sûre qu'elle nous cache quelque chose.

Dans sa cabine, Morgane s'agite sur sa couchette. Elle a pris un cachet contre la fièvre, mais elle continue à frissonner. Si elle avait le courage de se relever, peut-être fermerait-elle enfin son hublot... Non, tant pis pour l'air frais qui entre en rafales, elle tient à guetter le moindre appel de Dylan.

Les deux dauphins suivent le bateau, mais ils peuvent changer d'idée, s'éloigner vers le grand large, et ne jamais revenir dans les eaux bretonnes.

« Reste près de nous, Dylan ! » pense-t-elle très fort.

8

Un dauphin amoureux...

Océane, après avoir écouté le récit détaillé d'Arthur, entre sans bruit dans la cabine de Morgane, certaine de la trouver endormie. Mais elle est accueillie par un petit visage anxieux, dépassant de la couette et un regard bleu, brillant de larmes.

— Ma chérie, qu'est-ce que tu as ?

Arthur a suivi sa mère. Il reste dans l'étroit couloir, près de la porte. Sa sœur sanglote, sûrement blottie dans les bras d'Océane, qui tente de la calmer.

— Morgane, allons, respire un bon coup et parle-moi...

— Je ne veux pas perdre Dylan, maman... bredouille Morgane. Tu m'as dit de m'y préparer, qu'il pouvait nous quitter n'importe quand, mais dès que je pense à ça, je suis tellement malheureuse. Et puis j'ai eu peur aujourd'hui, une peur horrible...

— Tu as eu peur des dauphins sauvages, n'est-ce pas ? chuchote Océane.

— Oui, une peur bleue ! Ils fonçaient sur Dylan et moi. Je me disais qu'ils pouvaient le tuer, que je serais incapable de le défendre... Ils pouvaient aussi s'en prendre à moi, m'entraîner vers le fond. Je pensais à la vraie mère de Violette, qui est morte noyée. J'ai imaginé cette mort affreuse. Maintenant je me dis que je n'oserai plus plonger, ni nager... J'ai frimé à Molène, devant Violette. Et puis il y a pire ! Dès que je vois la mer, je pense aux calmars géants... Je suis sûre que je vais faire des cauchemars.

— Ma pauvre puce ! soupire Océane. Si j'avais su, j'aurais défendu à ton frère de chercher des renseignements sur internet. Sois raisonnable, les calmars géants n'attaquent pas les plongeurs. Tiens, je te parie que tu n'en verras jamais un seul !

Morgane renifle en disant d'une voix plaintive :

— J'espère bien !

Dans le couloir, Arthur écoute toujours, le cœur serré. Il se traite d'égoïste, car pas une seconde il ne s'est rendu compte de ce que ressentait sa sœur.

Océane murmure des mots rassurants :

— Tu es choquée, ma chérie. C'est normal, ne te tracasse pas. Les révélations de Charles ont dû te bouleverser, et aussitôt après, tu te retrouves en danger, en pleine mer. Tu n'as pas tort, ces dauphins, qui sont aussi costauds que Dylan, pouvaient te faire du mal, à lui également. Mais vous êtes sains et saufs tous les deux. Tu devrais dormir, maintenant. Demain, tu verras les choses différemment.

Morgane renifle. Arthur se précipite, comme s'il venait d'arriver.

— Oh ! Fée Morgue, ça n'a pas l'air d'aller. Si je dormais dans ton hamac, ce serait cool, non ?

— Trop cool ! répond vite Morgane, en s'essuyant les yeux.

Le lendemain matin, le premier geste d'Arthur, en se réveillant, est de regarder sa montre, car il a l'impression d'avoir dormi très longtemps. Au tangage paisible de l'*Odyssée*, il devine que leur bateau a jeté l'ancre.

Dans son lit, Morgane s'étire en bâillant. Hier soir, après le départ de leur mère, ils ont voulu discuter, mais le sommeil les a terrassés, conséquence d'une dure journée.

— Roi Arthur... chuchote sa sœur. Quelle heure est-il ?

— Neuf heures du matin ! Et le collège... Maman ne nous a pas réveillés.

— Non, je n'avais pas réglé mon réveil !

Océane frappe à la porte, puis elle entre, toute souriante.

— Alors, mes chéris, avez-vous bien dormi ? J'ai une surprise ! Papy a préparé votre petit-déjeuner sur le pont ! Il fait un temps superbe, il faut en profiter.

Les jumeaux se regardent, stupéfaits.

— Ne faites pas cette tête ! J'ai téléphoné à la directrice du collège ce matin très tôt. En raison du BEPC, vos professeurs n'assuraient pas la moitié des cours. Vous auriez eu plusieurs heures d'étude. Alors, je vous garde jusqu'à jeudi matin. Morgane aura le temps de récupérer. Pendant trois jours, je m'occupe exclusivement de vous... Je crois que je vous ai délaissés ces dernières semaines !

Je vous attends sur le pont !

Morgane bondit de son lit et éclate de rire.

— Arthur, j'ai dormi toute habillée... Et j'avais gardé les vêtements que Violette m'a prêtés. Ce sera un bon prétexte pour retourner là-bas.

— Génial ! s'écrie Arthur.

— Pas tant que ça, en fait ! déclare sa sœur d'un ton sinistre. Il vaut mieux lui envoyer un colis... Tu comprends, Dylan nous suivra. Il se fera attaquer, comme hier.

— Mais non ! réplique son frère. Ne recommence pas à paniquer...

Océane, assise en plein soleil, voit les jumeaux apparaître. Ils clignent des yeux, éblouis, mais ils se tiennent par la main, comme au temps de leur petite enfance. Yannick s'est installé sur un siège de toile.

— Ah ! Voici nos gros dormeurs ! lance-t-il avec un bon rire. Dépêchez-vous, moussaillons, le beurre commence à fondre...

Arthur apprécie sans arrière-pensée le festin présenté sur un plateau, Morgane fait des efforts pour paraître de bonne humeur.

— Et Dylan ? demande-t-elle brusquement. Il n'est pas là, maman ?

Océane pousse un petit soupir. Morgane se précipite vers le bastingage. Le décor qu'elle aime tant ne la rassure pas. *Le Cabotin* se balance sur une mer peu agitée, les mouettes rasent la surface de l'eau, en jetant des cris plaintifs, et à l'ouest, un couple de cormorans survole l'îlot rocheux au dessin si familier.

— Dylan ! Vénus !

Morgane guette l'apparition de ses amis. Ils ne sont pas là.

— Maman ! Ils ne nous ont pas suivis, hier soir, c'est ça ? Vous n'osez pas me le dire !

— Ma chérie ! Tu as besoin de lunettes ! déclare Océane.

— Ou de te frotter les yeux ! ajoute Yannick, moqueur.

Arthur, la bouche pleine, rejoint sa sœur. Il éclate de rire.

— Regarde, fée Morgue, près du *Cabotin* !

Dylan et Vénus se laissent bercer par la lente course des vagues. Flanc contre flanc, les yeux mi-clos, les deux dauphins semblent sommeiller dans la lumière étincelante de ce matin d'été. Dans son affolement, Morgane ne les avait pas vus.

— Oh ! Quelle peur j'ai eue ! s'écrie-t-elle. Ils sont trop adorables. Je vais prendre une photo...

— Tu ferais mieux d'avaler quelque chose ! proteste sa mère. Tu as mauvaise mine !

— Promis, maman ! Dès que j'aurai pris un cliché de nos amoureux.

Il est presque midi. Pendant plus de deux heures et demi, Océane et Yannick ont bavardé avec les jumeaux. Bien sûr, ils ont beaucoup parlé de Charles Odierne, de la tragédie qui a marqué Violette.

Morgane, qui se sent beaucoup mieux, demande tout à coup :

— Et le Kraken, papy ? Tu m'avais promis une explication !

— On l'a décrit, il y a des siècles, comme le plus grand monstre marin ! commence Yannick d'un ton solennel. À présent, ceux qui ont étudié sa description et les circonstances de ses apparitions, pensent qu'il s'agissait d'un calmar géant, à cause des tentacules, mais un calmar aux prises avec un cachalot... En effet, les témoins décrivaient un dos énorme, à fleur d'eau, couvert de débris rocheux – sûrement des coquillages –, comme nous en avons vu avec votre mère sur le cachalot échoué à Ouessant. Donc, quand les pêcheurs voyaient apparaître cette chose, ils fuyaient, car des tentacules, qu'ils prenaient pour des cornes gigantesques, se dressaient hors de l'eau. Pas étonnant que certaines barques aient été renversées.

— Ils se trouvaient sur le lieu d'un combat entre calmar et cachalot ! conclut Arthur.

— Exactement, fiston ! Il n'en faut pas plus pour faire naître une légende !

Morgane hoche la tête. C'est le moment idéal pour raconter la chose incroyable qui lui est arrivée la veille. Océane la voit hésiter et l'encourage :

— Vas-y, ma chérie, tu as quelque chose à nous raconter...

— Oui ! Mais je vous préviens, c'est très très bizarre. Hier, quand je me suis allongée dans l'eau, en me cramponnant à Dylan, j'ai cru qu'il allait mourir. Non, ce n'est pas vraiment ça. Je sentais qu'il avait envie de mourir de chagrin. Alors j'ai posé ma tête contre la sienne. Et il faut me croire, tous les trois... il s'est passé un truc fou ! Dylan m'a envoyé des images, il n'y a pas d'autres mots pour l'expliquer. Je l'ai vu avec Vénus. Les grands dauphins les ont attaqués. Ils se sont acharnés sur Dylan. C'était si violent, si effrayant. Ils ont emmené Vénus. J'ai eu l'impression de vivre la scène. J'étais désespérée, terrifiée. Dylan avait tant de chagrin qu'il se laissait mourir. Tu comprends, maman, pourquoi j'avais si peur d'eux...

Morgane se tait. Arthur se tord les mains, très ému. Enfin il s'écrie :

— Alors, sur la *Belle-Madeleine*, tu devais

sentir que Dylan était en danger. Tu te souviens, tu m'as dit : « Il se passe quelque chose de grave ! »

— Je sais, je me sentais trop mal !

Océane observe sa fille avec inquiétude. Morgane dit-elle la vérité ou s'invente-t-elle des histoires, afin de les persuader qu'elle communique vraiment par télépathie avec Dylan...

Yannick tente de détendre l'atmosphère.

— J'ai une bonne idée, moussaillons ! Vous avez vu ce grand soleil, ce ciel bleu, cette mer toute calme ? C'est le moment idéal pour se baigner.

— Papy ! Tu es génial ! hurle Arthur. Je vais me mettre en maillot et je plonge. Dylan sera sûrement partant pour jouer au ballon.

Morgane lance un regard de détresse à sa mère.

— Moi, je préfère me reposer. Et puis, c'est idiot de déranger Dylan. Il aime tant Vénus, on devrait les laisser tranquilles.

— Ma chérie ! murmure Océane. Tu n'as pas à te justifier. Papy a proposé ça, tu es libre de ne pas te baigner.

Morgane pousse un soupir de soulagement. Son frère déboule sur le pont.

— Alors, fée Morgue, qu'est-ce que tu attends ? Tu ne te changes pas.

— Vas-y tout seul ! marmonne-t-elle. Pour une fois, je vais jouer les spectatrices.

Arthur fronce les sourcils.

— Tu es malade ? demande-t-il. Toi, Morgane, ma sœur presque amphibie ?

— Eh oui ! Je n'ai pas envie, c'est tout.

— Bon, tant pis, je me jette à l'eau. Il faut que je m'entraîne, pour épater Violette, la prochaine fois que nous irons à Molène...

Deux minutes plus tard, Arthur plonge de l'échelle. Il ne tarde pas à faire autant de bruits qu'un jeune phoque. Dylan se précipite vers lui et se met à pousser des cris joyeux.

— Morgane ! Envoie le ballon, s'il te plaît...

Sa sœur obéit, un sourire mélancolique aux lèvres. Soudain Vénus s'approche du bateau. Son long corps d'un gris très clair ondule souplement. Elle se penche sur le côté, guettant les gestes de Morgane d'un œil aimable qui semble l'inviter à la rejoindre.

— Une autre fois, Vénus ! crie Morgane.

Arthur gesticule en riant, car Dylan tente de lui prendre le ballon. Océane vient s'accouder au bastingage à côté de sa fille.

— Regarde ton frère ! Qui aurait cru ça il y a six mois ? Un vrai poisson...

— C'est vrai ! murmure Morgane. Tant mieux pour lui.

Dylan virevolte brusquement. Abandonnant Arthur et le ballon, il fonce droit vers l'*Odyssée*. Les appels suraigus qu'il émet font grimacer Océane et Morgane. Le grand dauphin longe maintenant la coque, en multipliant les bonds aériens et les cris d'impatience.

Morgane ferme les yeux. Un message résonne dans sa tête d'une précision surprenante.

« Viens ! Viens jouer avec nous ! Il n'y a plus de danger... Morgane, viens ! »

Océane attire sa fille contre elle.

— Si tu es fatiguée, ma chérie, va te recoucher un peu...

— Non, maman, je me sens très bien ! Finalement, je crois que je vais me baigner.

Morgane s'est changée en un temps record. Elle ne doit pas réfléchir, surtout pas. Dylan a raison. Il n'y a plus de danger.

Arthur voit sa sœur se dresser en haut de l'échelle et se mettre en position pour plonger. Deux secondes plus tard, elle décrit une courbe, les bras tendus en avant.

La mer l'engloutit puis semble la rejeter en l'air, ruisselante et illuminée d'un large sourire.

— Dylan ! Je suis là ! hurle Morgane.

Le grand dauphin n'était pas loin. Il venait de nager sous la surface pour surgir juste au bon endroit, contre son amie. Il la pousse délicatement de son rostre, l'entraîne vers Vénus. Arthur les rejoint.

— Ah, tu as quand même changé d'avis, fée Morgue ! Je préfère ça !

Morgane éclabousse son frère. Demain, sûrement, elle aura le courage de lui expliquer pourquoi elle ne voulait pas se baigner. Pour l'instant, elle savoure son soulagement. Sa peur de l'eau, des calmars s'est envolée...

Arthur lui envoie le ballon. Elle le lance en l'air. Ils éclatent de rire, follement heureux. Dylan et Vénus se joignent à ce joyeux concert, en se lançant dans une discussion mélodieuse, composée de cliquetis, de grincements et de sons stridents.

Océane ne se lasse pas d'admirer la scène. Une seule chose la contrarie. Si elle pouvait enfin comprendre ce que racontent Dylan et Vénus aux jumeaux...

— Un jour peut-être ! songe-t-elle.

Au même instant, Morgane l'appelle :

— Maman ! Va te mettre en maillot de bain. Dylan veut que tu viennes jouer avec nous... Cela te détendra, viens vite !

Océane lève les yeux au ciel. Apparemment, ses enfants comprennent mieux qu'elle le mystérieux langage des dauphins.

— D'accord, j'arrive ! Puisque Dylan insiste...

Dans la même collection

Dylan le dauphin

1. *Sauvetage à haut risque*
2. *L'ange des mers*
3. *Un ami en péril*
4. *Au cœur de la tourmente*
5. *Le défi d'Arthur*
6. *Morgane en détresse*
7. *Mystère sous l'océan*

Et si tu danses,
si tu as dansé,
si tu rêves de danser,
découvre vite la série

Danse !

écrite par
Anne-Marie Pol

1. Nina, graine d'étoile
2. À moi de choisir
3. Embrouilles en coulisses
4. Sur un air de hip-hop
5. Le garçon venu d'ailleurs
6. Pleins feux sur Nina
7. Une Rose pour Mo
8. Coups de bec
9. Avec le vent
10. Une étoile pour Nina
11. Un trac du diable
12. Nina se révolte
13. Rien ne va plus !
14. Si j'étais Cléopâtre...
15. Comme un oiseau
16. Un cœur d'or
17. À Paris
18. Le mystère Mo
19. Des yeux si noirs...
20. Le Miroir Brisé
21. Peur de rien !
22. Le secret d'Aurore
23. Duel
24. Sous les étoiles
25. Tout se détraque !

Les secrets de Nina (hors-série)
Les ballets de Nina (hors-série)

Dans la même collection :

Heartland

1. **Je reste !**
2. **Après l'orage...**
3. **Une nouvelle chance ?**
4. **Le prix du risque**
5. **L'impossible retour**
6. **Un jour, tu comprendras...**
7. **Le champion brisé**
8. **Le cœur noué**
9. **Le messager de l'espoir**
10. **Une ombre au tableau**
11. **La vérité... ou presque**

Tu aimes rêver,
alors découvre vite la collection

Toi + Moi = ♡

La grande histoire de Léa :

1. **Le cœur en bataille**
2. **Je t'aime, je te hais**
3. **Sauve qui peut l'amour**
Marie-Francine Hébert

4. **Rendez-vous sur la Côte d'Amour**
Michel Amelin

5. **Les carnets de Lily B.**
Véronique M. Le Normand

6. **Félix Delaunay et moi**
Shaïne Cassim

7. **Le garçon d'à côté**
Michel Amelin

8. **Avis de tempête**
Marie-Sophie Vermot

9. **Le fils de l'astronaute**
Danielle Martinigol

10. **Le bourreau de mon cœur**
Michel Amelin

11. **Gaufres, manèges et pommes d'amour**
Giova Selly

12. **Le garçon qui vivait dans ma tête**
Gudule

13. **Un cœur pour deux**
Nina Petrick

14. **Les anges ont trop à faire**
Micheline Jeanjean

15. **Un été de Jade**
Charlotte Gingras

16. **L'amour sans trucage**
Giova Selly

17. **Gazelle de la nuit**
Gudule

Il était une fois... :

18. **Chloé fait des ravages**
20. **Terry amoureuse**
Janet Quin-Harkin

19. **Le jour où j'ai grandi**
Sarah Jacquet

Cet ouvrage a été composé par
PCA - 44400 REZE

Impression réalisée sur Presse Offset par

BRODARD & TAUPIN

GROUPE CPI

14893 - La Flèche (Sarthe), le 06-11-2002
Dépôt légal : novembre 2002

Imprimé en France

POCKET jeunesse

12, avenue d'Italie • 75627 PARIS Cedex 13

Tél. : 01.44.16.05.00